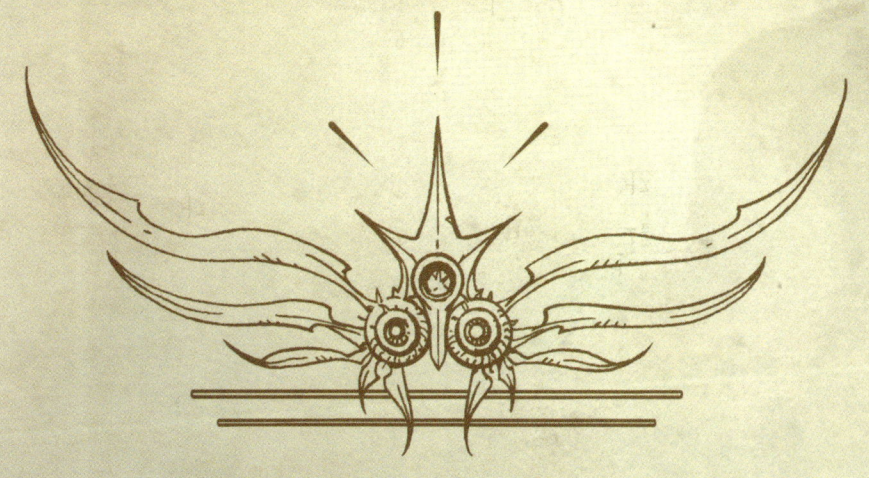

경계심을 늦추지 말고

글 속의 진실에 귀를 기울여라.

이는 호라드림의 살아 있는

육산이니.

AK 1285

DIABLO III

티리엘의 기록

by Matt Burns and Doug Alexander

제우미디어

서문

호라드림이여, 우리는 필멸자 역사의 새로운 장을 앞두고 있다. 인간은 수천 년 동안 천사와 악마의 그늘 속에 존재했다. 좋게는 냉담한 무관심의 대상이었으며, 나쁘게는 창조라는 교향곡 속의 불협화음으로, 또는 영원한 분쟁의 흐름을 틀어놓을 무기로 여겨질 뿐이었다.

그런 시대는 끝이 났다. 필멸자들은 미천했던 자리를 벗어나, 자기 운명의 주인이 되어 천사와 동등한 존재가 되었다.

이 상서로운 시기에 대해 고찰하니, 인간을 이 자리로 이끌기 위해 치러야 했던 대가가 생각났다. 오늘날 살아 있는 필멸자는 모두, 역사에 면면히 나타나는 영웅들에게 빚을 지고 있다. 그들이 지닌 공통점은 필멸자의 특징 중에 가장 위대한 특징이며, 오래전 나로 하여금 인간의 잠재력에 처음 눈을 뜨게 한 계기이기도 하다. 그것은 바로 헌신과 희생이었다.

깨어난 네팔렘, 울디시안 울디오메드가 그러했다. 탈 라샤와 최초의 호라드림이 그러했다. 그들의 가르침과 믿음을 계승한 데커드 케인이 그러했다. 드높은 천상에서 대악마를 무찔러 천사들조차 속수무책이었던 일을 해낸 용맹스러운 이들이 그러했다.

너희도 그들을 안다. 그들이 이룬 업적에 대해 그리고 전쟁 속에서 인류의 정신을 악으로부터 구하기 위해 내려야 했던 힘든 결정에 대해 안다. 그러나, 또 알아야만 하는 사람이 한 사람 있다. 앞으로 오랜 세월 동안 오해를 받거나, 심지어는 비방을 받을까 두려운 사람이다.

그 이름은 레아였다.

그녀는 마녀 아드리아와, 공포의 군주 디아블로를 담는 그릇이었던 어둠의 방랑자 사이에서 태어났다. 악마의 정수는 출생의 순간부터 레아의 안에 도사린 채, 영혼의 그늘진 구석에 아무도 모르게 숨어서 때를 기다리고 있었다. 때가 되자 그녀의 어머니가 그녀를 배신했고, 디아블로가 젊은 여인의 몸을 장악해 대악마로 변형시켰다.

너희 중 일부는, 레아에 대해 이 정도만 알고 있을 것이다. 그리고 레아의 이야기가 인류의 어두운 반면과 타락하기 쉬운 기질을 보여주는 또 하나의 일화일 뿐이라 여길지도 모르겠다.

그러나 내가 레아를 떠올릴 때는 악의 얼굴이 보이지 않는다. 데커드 케인의 조카이며, 아저씨의 삶에 빛이 되었던 마음씨 고운 젊은 여인이 보인다. 고서 더미 앞에 구부정하게 앉은 채, 눈을 뜨고 있는 모든 시간을 종말의 도래를 막을 방법을 찾으며 보냈던 결연한 학자가 보인다. 불타는 지옥의 군단에 용감히 맞서며, 그 희망으로써 함께 싸우는 모든 이에게 힘을 주었던 친구가 보인다.

레아는 이 싸움을 함께하겠다고 자청한 적이 없다. 흔히 그렇듯이, 부름은 불청객처럼 찾아왔다. 데커드 케인은 종말을 막을 방법을 찾으며 스무 해가 넘는 세월을 보냈다. 그리고 마침내 죽음이 찾아왔을 때, 그의 방대한 비밀은 수십 권의 책과 논문, 그 외의 중대한 물품에 담긴 채 레아에게 전해졌다. 그녀의 유일한 진짜 가족이었던 남자의 유지에 따라.

이제 너에게 달렸다. 사뭇 의심스러울 수도 있는 내용에 대해서는 네 자신만의 또렷한 결론을 내리고, 날마다 조금 가까워지는 위험을 꼭 사람들에게 경고하도록 하여라.

이 유언과 인류의 미래가 자기 어깨에 달려 있다는 믿음은 레아를 유령처럼 따라다녔다. 그녀는 케인과 달리 학자가 아니었으며, 최초의 호라드림과 달리 마법학자도 아니었다. 그럼에도, 그녀는 쉬운 길을 취하거나 부름에 등을 돌리지 않았다. 오히려 그 부름에 몸과 마음을 바쳤다. 자기가 아무리 못 미더워도, 자기 앞의 길이 아무리 어둡고 구불구불해도 결코 뒤돌아보지 않았다.

그리고 그동안 디아블로의 정수는 그녀의 마음속에서 꿈틀거리고 있었다.

탈 라샤가 필멸자에 대해 이런 말을 한 적이 있다. "우리가 미래를 바꾸지는 못할지라도 그 향방을 바꾸기 위해 싸울 수는 있다. 그럼으로 우리는, 설령 실패한다 하더라도 타인이 따를 수 있는 길을 다지는 것이다."

레아야말로 이 지혜를 체현하는 최고의 본보기이다. 마지막에는 의혹을 품었는지도 모르겠으나, 설령 레아가 자신의 출생에 얽힌 진실을 알았다 하더라도, 그것은 자기 힘으로 바꿀 수 있는 것이 아니었다. 그 누구의 힘으로도 바꿀 수 있는 것이 아니었.

그러니 레아의 변한 모습으로 그녀를 판단하지 마라. 대신, 내가 그녀를 기억하듯이 그녀를 기억해라. 나는 이 여인에게서 필멸자를 특징짓는 위대한 힘을 본다. 누구도 본 적 없는 높은 곳을 향해 나아가고, 적대하는 세력에 꿋꿋이 맞서며, 꿈을 꾸는 힘이다. 역사가 이 시점에 이르기까지 자신을 희생한 모든 이의 떳떳한 후계자로서 그녀를 기억해라.

내가 너희에게 이 말을 전하는 것은, 장차 우리가 레아의 이야기로부터 가르침을 얻어야 할 것이기 때문이다. 필멸자는 숱한 승리를 거두었으나, 앞으로도 할 일이 많다.

너희에게 종말의 예언을 전한다.

……그리하여 종말이 찾아오면, 지혜가 사라지고
인간 세계에 정의가 도래하리라.
용기가 분노로 변하고
절망이 모든 희망을 삼키리니.
운명은 영원히 조각나고
마침내 죽음이 날개를 펼치리라.

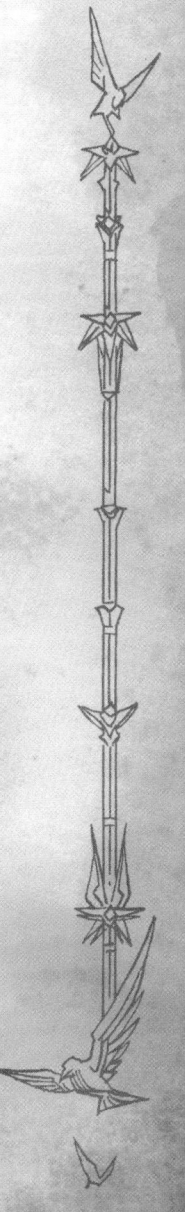

 이 예언이 모두 이루어지지는 않았다. 이 불가해한 글귀 속에 앞으로 우리가 마주해야 할 시련의 실마리가 담겨 있는 것은 아닌지 두렵다. 너희가 불길한 미래에 보다 잘 대처할 수 있도록, 지금 너희가 손에 든 책에 악의 위협으로부터 너희를 지켜줄 지식을 담았다. 앞으로 펼쳐질 장에, 배신자 아드리아와 검은 영혼석을 아우르는 방대한 주제에 대해 상술했다. 이 책에 담긴 정보의 많은 부분은, 종말에 대한 케인의 저작과 레아의 논문으로부터 발췌했다. 이는 우리의 대의를 위해 불가결한 지식이다.

 이 책이 너희가 앞으로의 싸움에서 알아야 할 지식을 망라한다고 말하지는 않겠다. 이 책은 최초의 호라드림이 시작하고 데커드 케인이, 그리고 최근에는 레아가 이어받은 연구의 연장일 뿐이다.

 인류가 미래를 바라보는 지금, 그 유산이 너희 손에 전해진다.

 그 어느 때보다도 필멸자의 세상에는 영웅이 필요함을 알아라. 머지않아 너희가 최후의 희생을 치러야 할 때가 올지도 모른다. 그때가 오면, 울디시안, 탈 라샤, 데커드 케인, 그리고 레아의 기억에서 용기를 찾아라. 그들이 무엇을 극복해야 했으며, 어떻게 인간의 마음에 잠든 그 눈부신 힘을 끌어냈는지 기억해라.

 무엇보다도, 미래가 걷잡을 수 없이 펼쳐지고 그 나날이 더할 수 없이 어둡더라도, 단 한 명의 필멸자의 힘으로 이 세상뿐만 아니라 그 너머의 세계까지 바꿀 수 있음을 기억해라.

―티리엘

1부
아드리아

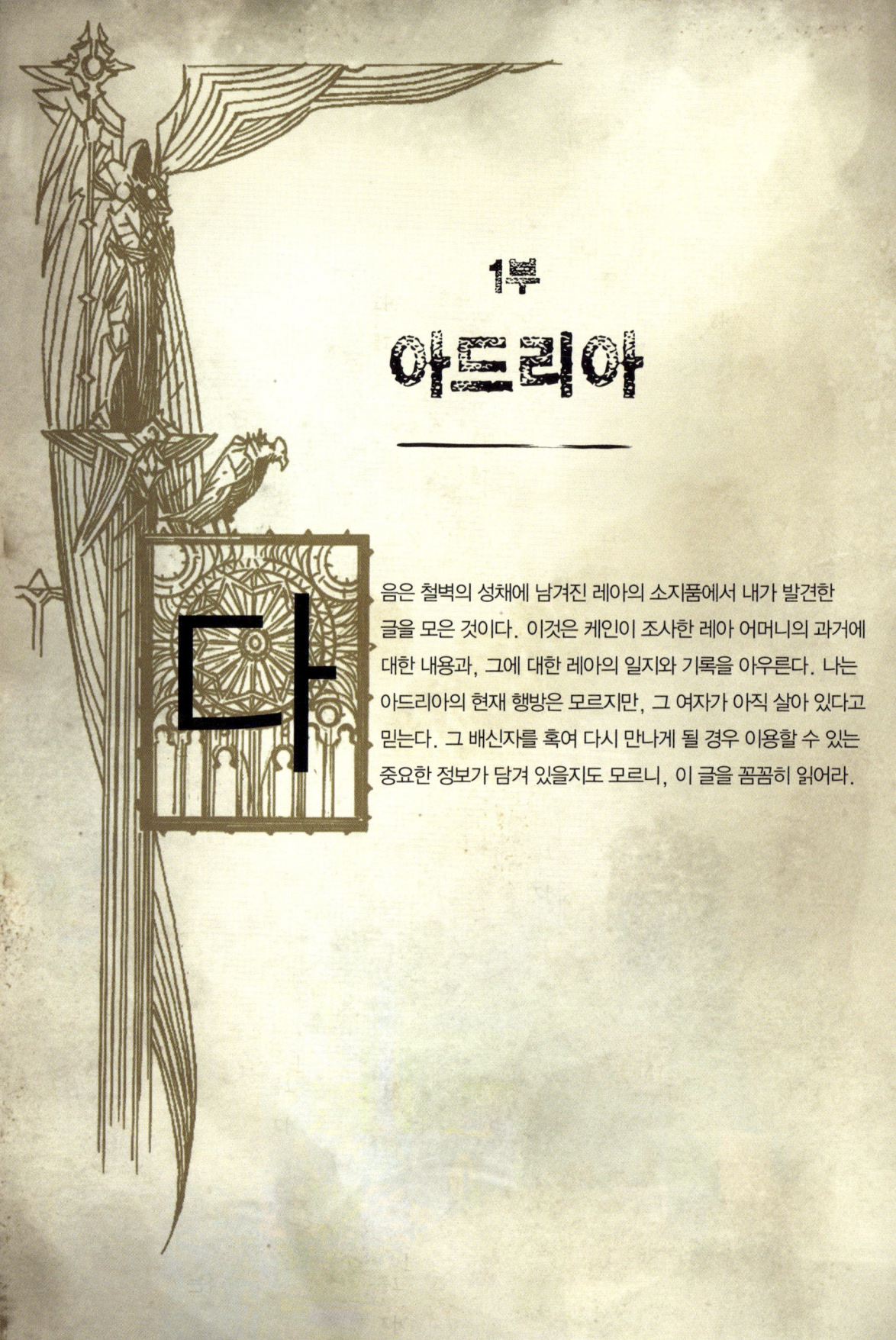

다음은 철벽의 성채에 남겨진 레아의 소지품에서 내가 발견한 글을 모은 것이다. 이것은 케인이 조사한 레아 어머니의 과거에 대한 내용과, 그에 대한 레아의 일지와 기록을 아우른다. 나는 아드리아의 현재 행방은 모르지만, 그 여자가 아직 살아 있다고 믿는다. 그 배신자를 혹여 다시 만나게 될 경우 이용할 수 있는 중요한 정보가 담겨 있을지도 모르니, 이 글을 꼼꼼히 읽어라.

케지스탄력 1285년
라담 5일

최근의 사건을 돌아보면, 얼마나 많은 일이 있었는지 믿어지지 않을 정도다. 첫째로는, 드디어 우리 어머니 아드리아를 다시 만났다. 우리는 함께 변절한 호라드림인 졸툰 쿨레가 만든 유물, 검은 영혼석을 찾았다. 또 바로 며칠 전에는 벨리알이 칼데움을 거의 파괴하다시피 했다. 하늘에서 비처럼 떨어지는 불덩이가 도시의 장엄한 첨탑을 무너뜨리고 죄 없는 사람의 목숨을 빼앗던 광경이 아직도 생생하다.

하지만 제일 기억이 많이 나는 것은 케인 아저씨를 잃은 것이다. 아저씨가 마지막 숨을 거두시는 모습을 무력하게 지켜볼 수밖에 없었던 신 트리스트럼에서의 그날을 잊을 수가 없다.

칼데움에 있으니 오히려 그 기억이 더욱 고통스럽게 되살아난다. 아저씨께서는 이 도시를 사랑하셨다. 어디를 보나 여기서 아저씨와 함께 지낸 세월이 생각난다. 좁은 골목골목을 돌아다니고, 대도서관에서 먼지투성이 두루마리 더미를 헤집던 나날이. 이제 아저씨와 나를 이어주는 것은, 아저씨가 내게 남기신 눈물밖에 없다.

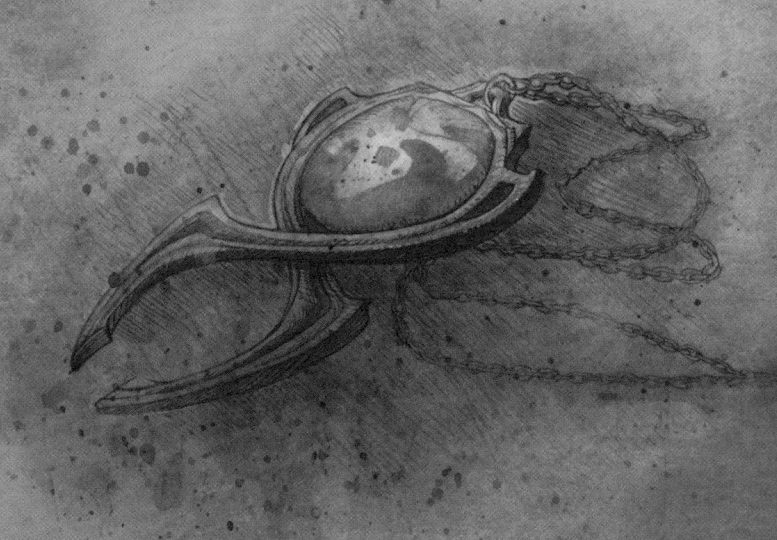

종말. 케인 아저씨가 몇 번이나 예언 이야기를 하시며 그 말을 숨죽여 속삭이셨던지, 기억도 나지 않는다. 아저씨께서는 어떻게 이 지독한 작업을 그토록 오래 계속하실 수 있었던 걸까? 책이 끝도 없이 쌓여 있어서, 평생이 걸려도 다 읽지 못할 것만 같다. 오늘 아침에만 해도, 나는 아저씨의 유품에서 일지를 또 한 권 발견했다. 펼쳐봐야 한다는 걸 알지만, 그랬다가는 오히려 의문만 많아질 것 같아 두렵다.

티리엘 어머니, 네팔렘은 내가 돌파구라도 찾기를 기대하는 것 같다. 그분들은 내가 모든 답을 알고 있다고 생각하지만 사실 나는 아무것도 아는 게 없다. 진짜 힘을 지닌 건 그분들이다.

케인 아저씨가 계셔서 나를 이끌어주신다면. 아저씨에게 이 모든 일을 이야기할 수 있다면. 기억을 되찾은 티리엘이 앙기리스 의회나 드높은 천상에 대한 이야기를 들려줄 때면, 나는 아저씨가 그 이야기를 들었다면 얼마나 좋아하셨을까 하는 생각밖에 없다.

무엇보다도, 아저씨의 목소리를 마지막으로 한 번이라도 듣고 싶다. 당신은 괜찮다고 하시는 걸 듣고 싶다. 아저씨는 늘, 죽음 뒤에서는 낙원이 우리를 기다린다고 말씀하셨으니까.

아저씨가 낙원을 찾으셨기를 바라요. 그것이 아저씨가 꿈꾸던 모습 그대로이기를요.

- 레아

트리스트럼의 마녀

레 아가 요즘 들어 자꾸만 어머니에 대해 묻는다. 신 트리스트럼으로 떠날 때 이런 일이 생길 줄 알고 있었다. 그런데도 왠지 초조하다. 이 마을은 이상하게도, 차라리 잊어버리는 게 나은 어두운 기억을 건져 올리는 것 같다.

도착한 첫날 레아가 연필로 아드리아의 초상화를 그렸는데, 나는 묘하게 불안한 느낌을 받았다. 어머니를 한 번도 만난 적이 없는데도 그림이 그 여인과 똑같이 닮아 있었던 것이다. 쓰러지기 직전인 아드리아의 오두막 근처에 있다 보니 레아 안에서 뭔가가 깨어난 것인지도 모른다. 레아에게 그 근처에 얼쩡거리지 말라고 했는데도 통 듣지를 않는다.

아이가 어머니에 대해 알고 싶어 한다고 나무랄 수 있을까? 솔직히 말하면, 최근에는 나도 자꾸만 아드리아 생각에 사로잡히고 있다. 얼마 전부터 나는, 내가 아드리아에 대해 쓴 산더미 같은 글을 뒤적여볼까 생각하고 있다. 이만한 정보면 이제 뚜렷한 윤곽을 그릴 수 있을 것 같다. 그러기에는 내가 그 마녀를 처음 만난 이곳, 트리스트럼만큼 제격인 곳이 없을 터다.

그러고 보면, 나는 아드리아에 대해 무엇을 아는가? 그 여인은 내가 결코 이해할 수 없는 수수께끼다. 꺼림칙할 때가 있는가 하면, 고상하고 상냥해 보일 때도 있었다. 확실하게 말할 수 있는 것은, 아드리아가 외골수이고 지독하리만치 똑똑하며, 우아함, 아름다움, 원초적이고 막대한 힘이 흘러넘치는 사람이었다는 점이다.

내가 아드리아를 처음 만난 것은 트리스트럼의 암흑기였다. 그녀는 남들이 마을에서 도망칠 때 마을을 찾아왔다. 그렇기에 나는 의혹을 품고 그녀를 지켜보았다. 그녀는 하룻밤 사이에 마을 변두리에다가 작은 오두막을 지었고, 그곳에 머물며 기묘한 비전의 유물과 고서를 팔았다. 내가 한 번도 본 적 없는 것이 대부분이었다.

나는 결국 용기를 내어 아드리아에게 말을 걸었다. 기쁘게도 그녀는 고대 역사에 조예가 깊었다. 우리는 해돋이 여관에서 몇 시간이고 마법단 전쟁의 격전, 자카룸교의 근원을 둘러싼 수수께끼,

특별히 누가 읽으라고 쓰신 글 같지는 않은데.
아저씨께서 개인적으로 남기신 일지일까?

죄악의 전쟁에 대한 이야기를 나누곤 했다. 아드리아는 특히 호라드림, 그리고 졸툰 쿨레와 검은 마법석을 둘러싼 전승에 대해 관심이 많았다.

케인의 기록에 언급되어 있다.

나는 한 번도 아드리아의 호기심을 경계하지 않았고, 오히려 감탄했다. 우리 두 사람은 지식이야말로 가장 강력한 무기라고 믿었다. 우리는 아이단 왕자와 그 동료들에게 정보를 제공해 그들이 트리스트럼을 위협하는 악마의 세력과 싸우는 데 도움을 주었다.

그러나 나는 항상, 이 마녀가 그런 옛이야기 속에서 묻힌 진실을 찾고 있다는 느낌을 받았다. 불행히도 그게 무엇인지는 알아낼 기회가 없었다. 공포의 군주가 쓰러진 후, 아드리아는 자신이 처음 등장했을 때처럼 갑작스럽게 트리스트럼에서 사라졌기 때문이다.

마녀에게는 머무를 이유가 없었던 것이다. 디아블로로 인한 공포의 치세는 막을 내렸으니까. 그럼에도 그녀가 떠나자 깊고 큰 상실감이 나를 덮쳤다. 아드리아의 야망과 신념에는 전염성이 있었다. 어떻게 보면, 내가 호라드림의 후계자로서 살기 시작한 것은 그녀 덕분이었다고도 할 수 있다. 트리스트럼 사람들을 참상으로부터 구하기에는 비록 너무 늦었더라도.

나는 나중에 아드리아가 술집 여급 질리언을 데리고 동쪽의 칼데움으로 가서 레아를 출산했다는 사실을 알게 되었다. 그러나 아드리아는 그곳에 머물며 아이를 돌보지 않았다. 가련한 질리언에게 아이를 맡긴 채, 미지의 임무를 띠고 도시를 떠난 것이다.

세월이 흘러 나는 아드리아가 공포의 땅에서 죽었다는 소문을 들었지만, 그 죽음을 둘러싼 정황은 전혀 몰랐고, 진실을 알고자 하는 의향도 없었다. 눈을 뜨면 종말에 대한 연구로 정신이 없었기 때문이다. 아드리아와 함께한 시간은 아득한 기억이 되고 말았다.

그러나 운명이란 갈피를 잡을 수 없는 것으로, 언제나 알 수 없는 길로 우리를 이끈다.

모든 게 아저씨 덕분이에요. 아저씨가 절 받아주시지 않았다면
제 삶이 어떻게 되었을지 어찌 알겠어요?

내 삶이 아드리아의 삶과 다시 한 번 얽히게 된 것은, 내가 칼데움으로 레아와 질리언을 찾아갔을 때였다. 광기가 여급에게서 젊음과 낙천성을 앗아간 것이었다(대악마의 길을 가로지른 이에게는 흔한 일이었다). 이미 레아를 돌볼 수 있는 상태가 아니었던 질리언은 결국 도시 북쪽의 정신병원에 수용되었다. 그리고 내가 아드리아의 딸을 돌보게 되었다.

아, 그날부터 내 삶은 완전히 바뀌었다. 인정하건대, 나는 그 아이를 경계했다. 아이는 아드리아의 마법보다도 더욱 강력한 마법에 소질을 보였고, 나는 그것이 내심 불안했다. 아이가 한밤중에 기묘한 악몽을 꾸고 소스라치며 깨어나는 일도 잦았다. 가끔은, 의식이 없는 상태로 움직이고 행동하기도 했다. 그러나 나는 아이가 근본적으로 순수한 마음을, 용기와 희망을 지녔다는 걸 알았다.

레아는 나의 제자가 되었다. 나는 그 아이를 낯설고 먼 지역으로 데리고 다니며, 종말에 대한 실마리를 찾았다. 뜻밖에도 레아의 존재는 내 탐구에, 보다 큰 의미를 부여해주었다. 나는 레아, 그리고 레아로 대변되는 미래야말로 내가 싸워야 할 이유라는 것을 깨닫고, 한층 더 노력을 기울였다.

사적인 차원에서, 레아는 내가 영영 잃어버렸다고 생각한 마음을 다시 일깨워주었다. 다름 아닌, 가족과 함께하는 기쁨과 사랑이었다. 레아는 점점 오래전 죽은 내 아들을 닮아갔다. 레아 덕분에 나는 그토록 오래 외면하려 했던 과거의 실수를 직면하고 극복할 수 있었다. 자격이 없는 내게, 레아는 한 번 더 기회를 준 것이다. 그 아이 덕분에 나는 더 나은 사람이 되었다. 그 은혜는 결코 갚을 수 없을 것이다.

하지만 이것은 다른 이야기다. 레아의 존재는 또한 아드리아에 대한 나의 흥미에 다시 불을 붙였다. 그 마녀의 딸을 돌보고 있는 이상, 어느 때보다도 그 마녀에 대해 알아야 할 것 같았다. 나는 시간이 있을 때 그녀의 과거를 살펴보기로 결심했다. 나는 무엇이든 알게 되면 레아에게 전하리라 다짐했다.

그러나 이 오랜 세월 동안, 나는 그 다짐을 지키지 못했다.

아드리아에 대한 조사는 금세 집착으로 변했고, 끝내 종말에 대한 연구와 비중이 엇비슷해지기에 이르렀다. 그럼에도 내가 발견한 사실을 레아에게는 모두 비밀로 했다.

아직도 가끔 그게 옳은 일이었는지 생각한다. 다른 사람도 아닌 레아라면, 알 자격이 있지 않은가?

그럴지도 모른다. 하지만 본능에 가까운 무엇이 레아에게 진실을 털어놓는 것을 막았다. 나는 학자이기에 사실을 바탕으로 움직이며, '감'은 믿지 않는다. 그런데도 이 일에서만큼은 감에 의지할 수밖에 없었다. 내 선택이 옳았기를 바랄 뿐이다.

케지스탄력 1285년

라담 21일

잠을 이룰 수 없다.

우리는 내일 아침 철벽의 성채로 떠난다. 아즈모단이 고대의 요새를 공격하려고 군단을 집결시키고 있다. 그곳에 도착하면 무슨 모습을 보게 될지 걱정스럽다.

하지만 내가 아직 잠을 이룩지 못하는 데는 또 하나의 이유가 있다. 케인 아저씨의 일지가 자꾸만 생각나서다. 왜 아저씨께서는 어머니에 대해 그렇게 많이 아시면서도 내게 아무런 말씀을 안 하셨을까? 늘 어머니가 죽었다고만 하셨다. 지금까지 거짓말을 하신 걸까? 내가 진실을 알면 겁을 먹을 거라 생각하신 걸까?

이제 와서 화를 내도 소용없을 것이다. 아저씨니까, 진실을 숨기는 게 나를 보호하는 거라 생각하셨겠지. 아저씨의 선택이 옳았다고 생각하지는 않지만 아마도 좋은 뜻에서 그러신 거겠지.

그렇다 해도 내가 이 일지에 매달린다는 사실은 변하지 않는다. 이 일지를 읽다 보니 왠지 아저씨를 배신하는 느낌이다. 하지만 아저씨가 유품으로 남기신 만큼, 언젠가는 내가 읽을 거라 생각하셨겠지.

왜 내가 이런 이야기를 쓰고 있는 거지? 만물의 운명이 걸린 중요한 전투를 앞두고 고작 일지 하나에 신경을 쓰고 있다니.

그냥 치워두는 게 좋을지도 모르겠다. 이 광기가 끝날 때까지 여기 칼데움에 두는 게 나을지도. 안 그래도 걱정할 게 태산이니까.

아침에 결정해야겠다. 시간이 늦었으니 쉬어야겠다.

- 레아

아드리아의 근본

사람을 진짜로 이해하려면 그 사람이 성장한 환경을 알아야 한다. 그래서 나는 아드리아를 조사하기로 하고서, 그녀의 유년기부터 살폈다.

트리스트럼에서의 어느 밤, 나는 아드리아에게 그녀의 근본에 대해 물었으나 그녀는 아버지가 상인이었다는 말밖에 하지 않았다. 그 외에는 과거에 대한 나의 끈질긴 질문을 피하거나 무시할 뿐이었다. 그래도 나는 아드리아와 함께 지내며 몇 가지 실마리를 얻었다. 아드리아가 아는 주문과 조제법은 대부분 서부원정지에 은둔하는 마녀들이 흔히 사용하는 것이었다. 또한 (자기는 숨기려 했던 듯하나) 그 말투에 남은 희미한 억양을 미루어, 그녀가 왕의 항구 부두에서 태어나 자랐음을 알 수 있었다. 이 해안 도시 특유의 말투는, 서부원정지의 다른 대도시에 비해서도 독특한 편이기 때문이다.

그에 따라, 나는 고대 자카룸 암호문을 찾아 서부원정지로 간 김에 왕의 항구 선창을 찾아갔다. 운이 좋았는지 이 도시의 은퇴 순경을 만날 수 있었다. 거의 지금의 나만큼이나 나이가 많은 사람이었다. 평생을 서부원정지에서 일한 그는 아드리아라는 이름을 바로 알아들었다.

아드리아의 아버지 세브린은 권세가 등등한 상인 집안 출신이었다. 그는 불안정한 사람으로, 걸핏하면 분별없이 폭력을 휘두르곤 했다. 아드리아가 열 살이 채 되기 전, 무역선 몇 척이

내가 아드리아에게 과거에 대해 물기라도 하면 그녀는 늘 주제를 바꾼다. 왜일까? 무엇을 숨기는 걸까?

나는 어머니의 말투에서 친척 느끼지 못했다.

폭풍에 휘말리면서 세브린은 큰돈을 잃게 되었다. 이에 화를 참지 못한 그는 아내를 목 졸라 죽였다고 한다. 그 순경은 경비대를 거느리고 가서 세브린을 구속하고, 살인죄로 기소했다. 살인죄는 교수형으로 처벌할 수 있었으나, 돈과 힘이 있었던 세브린은 사면을 받아서 감옥을 나왔다.

내가 이상하게 여긴 점은, 아드리아가 이런 일을 겪으면서도 집에서 도망치지 않았다는 점이다. 아니, 순경이 이야기하기로는 이 어린아이는 오히려 감옥 근처를 맴돌았다고 한다. 세브린이 풀려나자, 두 사람은 부둣가의 집으로 돌아가 함께 살았다.

세브린은 감옥에서 빠져나오느라 돈을 다 써버렸다. 빚은 점점 커졌고, 위험한 적도 점점 늘어났다. 순경의 이야기로는, 이런 일이 있고 얼마 지나지 않아 세브린의 집에 한밤중에 불이 났다고 한다. 도시 경비대가 불길을 잡으려고 달려갔다. 당시의 공식 문건에는 다음과 같은 기록이 남아 있다.

> 아카라트의 저주인지, 불길은 부자연스러울 정도로 무섭게 타올랐다. 경비병 두 명이 화마에 당했다. 빛마저 저버린 열기가 그들을 갑옷체로 익혀 버린 것이다. 물을 부어도 불길은 잦아들지 않는 듯했다. 결국 불을 끄는 데는 하루가 꼬박 걸렸다.

재가 가라앉고 나서 보니, 세브린은 새까맣게 탄 채 뼈가 되어 있었다. 아드리아가 어떻게 되었는지 알아보니, 현장에 처음 도착한 경비병의 보고에 따르면 여자아이 하나가 밖에 서서 불길을 뚫어지게 바라보다가 어둠 속으로 사라졌다고 한다. 세브린과 앙숙이었던 상인 중 하나가 꾸민 일이라 해도 합당해 보이지만, 나는 아드리아가 여기에 한 몫을 했다고밖에 생각할 수 없었다.

이 비극 후의 아드리아의 행방과 행적에 대해서는 단편적으로밖에 알지 못한다. 왕의 항구 주위의 황무지로 도망쳤거나, 어쩌면 왕국의 수도(역시 서부원정지라는 이름이다)에까지 이른 것 같다. 그렇게 어린 나이에 그랬다는 사실이, 그녀의 재량과 의지력을 보여준다.

내가 확실히 아는 것은, 아드리아가 나중에 그 지역의 외딴 황야에 존재하는 작고 비밀스러운 마녀 집단과 얽히게 되었다는 사실이다.

그때가 기억난다. 아저씨는 우리가 뭘 하러 갔는지는 이야기해주지 않으셨다. 나를 옛 친구에게 맡기면서, 자카룸 암호문을 찾으러 간다고만 하셨을 뿐이다.

시간이 흐르면서 아드리아는 이 집단의 유력한 인물이 되었다.

아드리아의 최근 행적에 대한 최초의 실마리는, 이 마녀단과 종말의 관계를 조사하던 중에 얻게 되었다. 나는 이 집단을 디아블로, 바알, 메피스토가 인류의 정신을 악으로 물들이기 위해 창시한 고대 종교, 삼위일체단의 잔도로 여긴다. 삼위일체단은 죄악의 전쟁 때에 벌어진 격전으로 산산조각이 났고, 일관하는 지도자가 없는 상태로 도처에 흩어져 명맥을 이어가고 있었다.

그 후 몇 세기 동안, 삼위일체단은 주류 사회의 경멸과 배척을 받으며 불명예 속에서 쇠퇴하는 일로를 걸었다. 우리가 '어둠의 유배'라 부르는 시대에는 소생의 기미를 보이는가 싶었으나, 호라드림이 대악마를 가두고 나서는 더욱 빠른 속도로 쇠퇴했다.

이 이교가 마녀단이라는 이름으로 서쪽 땅에서 다시 위세를 떨치게 된 것은, 나의 생애에 들어서였다. 여러 이야기를 종합해보면, 두 마녀가 위태로운 이교에 들어와서 지도층을 독살한 듯하다. 이 두 찬탈자가 마녀단을 장악해 고문과 악마 소환을 일삼는 위험한 집단으로 변화시키고야 말았다. 두 마녀는 그들이 필멸자로서 불타는 지옥의 전령이 될 운명이라는 믿음을 바탕으로 움직인다고 한다.

두 지도자 중 하나가 마그다라는 사실은 확실히 알 수 있었다. 마그다는 사악하고 광신적인 자로, 자기 목표를 이루기 위해서라면 추종자도 서슴없이 희생시킨다. 애초에 내가 마녀단을 연구하게 된 것도 마그다의 잔인무도한 악행에 대한 이야기를 들었기 때문이다. 그러나 나머지 한 명의 정체는 아무리 애를 써도 알 수가 없었다.

삼위일체단의 잔도는 언제인가 새 출발을 하기 위해 케지스탄에서 서쪽으로 옮겨 간 듯하다. 그러나 마그다의 지도 하에 다시 동쪽으로 와서 칼데움 주위의 사막을 장악했다.

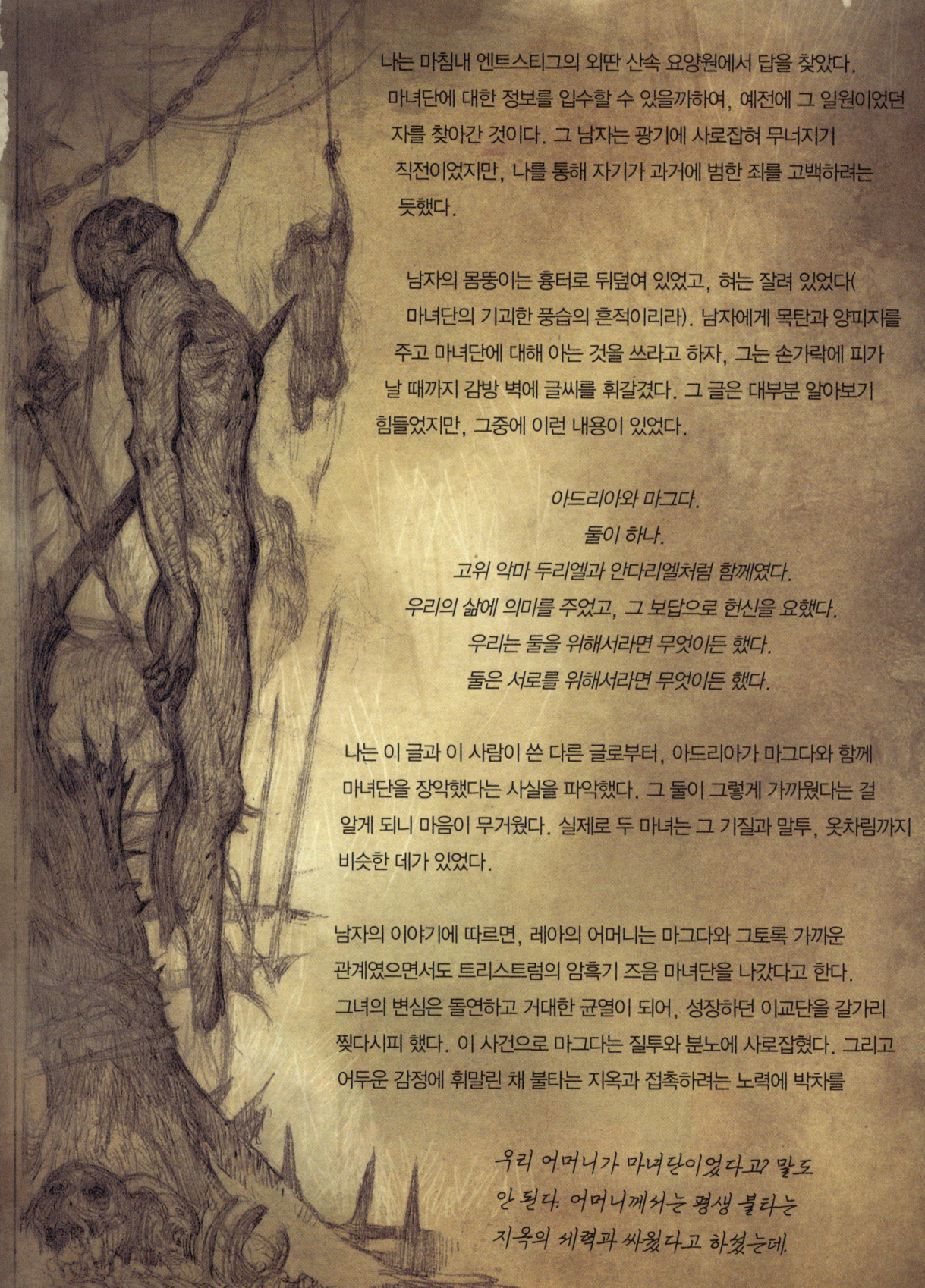

나는 마침내 엔트스티그의 외딴 산속 요양원에서 답을 찾았다. 마녀단에 대한 정보를 입수할 수 있을까하여, 예전에 그 일원이었던 자를 찾아간 것이다. 그 남자는 광기에 사로잡혀 무너지기 직전이었지만, 나를 통해 자기가 과거에 범한 죄를 고백하려는 듯했다.

남자의 몸뚱이는 흉터로 뒤덮여 있었고, 혀는 잘려 있었다(마녀단의 기괴한 풍습의 흔적이리라). 남자에게 목탄과 양피지를 주고 마녀단에 대해 아는 것을 쓰라고 하자, 그는 손가락에 피가 날 때까지 감방 벽에 글씨를 휘갈겼다. 그 글은 대부분 알아보기 힘들었지만, 그중에 이런 내용이 있었다.

아드리아와 마그다.
둘이 하나.
고위 악마 두리엘과 안다리엘처럼 함께였다.
우리의 삶에 의미를 주었고, 그 보답으로 헌신을 요했다.
우리는 둘을 위해서라면 무엇이든 했다.
둘은 서로를 위해서라면 무엇이든 했다.

나는 이 글과 이 사람이 쓴 다른 글로부터, 아드리아가 마그다와 함께 마녀단을 장악했다는 사실을 파악했다. 그 둘이 그렇게 가까웠다는 걸 알게 되니 마음이 무거웠다. 실제로 두 마녀는 그 기질과 말투, 옷차림까지 비슷한 데가 있었다.

남자의 이야기에 따르면, 레아의 어머니는 마그다와 그토록 가까운 관계였으면서도 트리스트럼의 암흑기 즈음 마녀단을 나갔다고 한다. 그녀의 변심은 돌연하고 거대한 균열이 되어, 성장하던 이교단을 갈가리 찢다시피 했다. 이 사건으로 마그다는 질투와 분노에 사로잡혔다. 그리고 어두운 감정에 휘말린 채 불타는 지옥과 접촉하려는 노력에 박차를

우리 어머니가 마녀단이었다고? 말도 안 된다. 어머니께서는 평생 불타는 지옥의 세력과 싸웠다고 하셨는데.

가했다. 비록 가설을 뒷받침할 증거는 없지만, 개인적으로는 거짓의 군주 벨리알이나 죄악의 군주 아즈모단이 그녀의 부름에 답한 게 아닐까 생각한다.

한편 아드리아가 트리스트럼에 도착했을 때는, 마녀단과 관련된 흔적은 전혀 찾아볼 수 없었다. 지금 와서 돌아보니, 그때 그녀가 전혀 다른 사람으로 변한 것인지 본연의 자기 모습으로 돌아간 것인지 궁금하다. 나와 마주 앉아 시간 가는 줄 모르고 이야기하던 그 사람이 진짜 아드리아인가? 아니면 그 또한 그녀의 가면일 뿐인가?

더 큰 문제는 아드리아가 왜 마녀단을 나왔느냐 하는 것이다. 개인적으로는 마침내 자신의 잘못을 알아차렸다고 믿고 싶지만, 진실은 그리 단순하지가 않다. 마그다는 늘 이교에 모든 것을 바쳤으나, 아드리아는 힘의 유혹에 넘어가 이교를 거쳐간 것뿐인 듯하다. 내가 아드리아에 대해 확실히 아는 게 있다면, 그녀는 목적 없이는 움직이지 않는다는 점이다.

이 모든 사실을 고려하면, 아드리아가 트리스트럼으로 나를 찾아온 것은 호라드림을 비롯한 여러 주제에 대한 전승을 알아내기 위해서가 아닌가 싶다. 그러나 그 의도는 선한 것이었을까, 악한 것이었을까? 그녀가 지평선 위에서 보았던 새로운 목표는 무엇일까?

내가 마침내 이런 의문에 대한 답을 찾은 것은 그로부터 몇 년 후였다.

어머니에게는 이 일지 이야기를 하지 않았다. 읽은 내용을 곱씹어볼 시간이 필요하다. 어머니가 케인 아저씨를 이상한 사람이라고 생각하는 것도 싫다. 항상 친구로 생각하셨으니까.

케지스탄력 1285년

카돈 3일

나는 평생 끔찍한 악몽에 시달렸다. 피와 전쟁, 부풀 시체의 뼈가 드러날 때까지 살점을 뜯는 거대한 까마귀의 꿈. 까마귀는 증오에 불타는 칠흑 같은 눈동자로 나를 노려보며, 나를 불길한 예감으로 채운다. 때로는 천사와 악마가 목서울 정도로 선명하게 나타난다. 마치 그 장면이 내 상상의 산물이 아니라 기억이기라도 한 것처럼.

검은 영혼석을 찾은 이후로 악몽은 더욱 심해졌다. 나는 이 수정을 지키는 데 내 시간을 거의 다 쓴다. 그 안에 갇힌 다섯 악마가 나를 지켜보는 것을 느낄 수 있다. 그들은 감옥의 벽을 두드리면서 내 머릿속에서 비명을 지른다.

내가 정신을 잃지 않는 건 오직 어머니의 가르침 덕분이다. 매일, 어머니께서는 내게 마법을 제어해 영혼석 안의 어둠을 억누르는 방법을 가르쳐주신다. 어머니는 엄격하고 까다롭지만 공정하다. 어머니께서는 나를 절대 포기하지 않는다.

처음에는 어머니의 조언을 받아들이기가 꺼려졌다. 케인 아저씨도 내 재능을 제어하는 방법을 가르치려 하셨지만, 나아진 게 전혀 없었기 때문이다. 아저씨께서는 내 능력이 위험하다고 하셨다. 하지만 어머니의 가르침을 통해 나는 이 힘을 달리 보게 되었다. 이 힘은 나의 자연스러운 일부다. 이 힘을 쓸 때면, 얼마나 자유를 갈망하던 무언가를 해방시킨 느낌이 든다. 신 트리스트럼을 떠난 후 처음으로, 나도 지옥의 세력에 맞서는 우리의 싸움에서 한 몫을 할 수 있겠다는 생각이 든다.

- 레아

아드리아의 여정

엔토스티그 요양원을 찾아간 후 몇 년 동안, 나는 근처에서 아드리아의 존재를 느끼곤 했다. 레아는 이때쯤 불쑥 어머니에 대해 묻거나, 얕은 잠에 빠진 채 마녀의 이름을 열에 들뜬 듯 되풀이하는 일이 잦았다. 하지만 내가 아무리 아드리아를 찾으려 애를 써도, 그녀는 끝내 모습을 보이지 않았다.

마녀는 무슨 목적으로 우리 주위를 맴돈 것일까? 아드리아가 딸이 잘 있는지 확인하려 한 것인가, 아니면 우리가 그저 우연히 아드리아와 마주친 것인가?

나는 이런 갑갑한 의문에 시달린 나머지, 잠을 이루지 못할 때가 많았다. 얼마 지나지 않아, 시급한 종말 연구에도 집중하기가 어려워졌다. 그나마 위안이 되었던 것은, 칼데움의 대도서관에서 조사를 하다가 마침내 답을 찾았다는 사실이었다. 동료 학자가 인상착의가 아드리아와 비슷한 마녀가 최근에 칼데움을 지나갔다는 이야기를 해주었다. 마녀는 도서관에 들러, 죄악의 전쟁과 마법단 전쟁 당시의 주요 전투에 대해 알아보았다고 한다. 그는 황량한 사막, 고대 비즈준의 성문, 빛의 대성당의 폐허…… 이런 지명들을 내게 전했다.

나는 그 즉시 이 지명의 의미를 깨달았다. 그 이름들은 바로, 내가 트리스트럼에서 아드리아와 이야기했던 사적지의 이름이었기 때문이다. 악명 높은 호라드림 졸툰 쿨레가 몇 세기 전 자주 찾던 곳이었다. 일부 마법학자와 저명한 학자에 따르면, 그중 많은 곳에서 천사들과 악마들이 죽어갔다고 한다.

이 사실을 알게 되자 반쪽짜리 진실 조각들이 형태를 갖추기 시작했다. 아드리아는 늘 쿨레에게, 특히 그의 가장 개탄스러운 창조물인 검은 영혼석에 묘한 흥미를 가지고 있었던 것이다. 이것이 바로 그녀의 목적이었던 것인가? 그 저주받은 유물을 찾는 것인가?

어머니께서는 마녀단과의 관계를 인정하셨다. 당신 나름대로 지옥과 전쟁을 치르는 방법이었다고 하지만 당신이 도를 넘었다고 말씀하신다. 티리엘이나 다른 사람에게는 말하지 않았다. 말할 수가 없다. 그랬다가는 어느 때보다도 똘똘 뭉쳐야 할 시기에 어머니에 대한 신뢰를 잃을지도 모르니까.

이 마법학자와 아드리아의 연관성을 찾고자, 나는 한참 동안 문헌을 뒤지며 쿨레에 대한 정보를 찾았다. 그러나 마녀의 속셈이 무엇인지 더 종잡을 수 없게 되었을 뿐이다. 아무리 애를 써도 이 두 사람의 공통점을 찾을 수가 없었다. 텅 비고 망가진 사람이었던 쿨레는, 천사와 악마의 영혼을 가두려고 영혼석을 창조했다. 그런 다음 그 고동치는 수정을 심장으로 써서 자기 영혼의 차가운 공간을 채우는 것이 그의 궁극적인 목표였다.

하지만 아드리아는 쿨레와는 달리 그런 문제를 안고 있지는 않았다. 그렇다면 그녀는 왜 검은 영혼석에 관심을 가지는 것일까? 그것이 그녀에게 어떤 소용이 있을까?

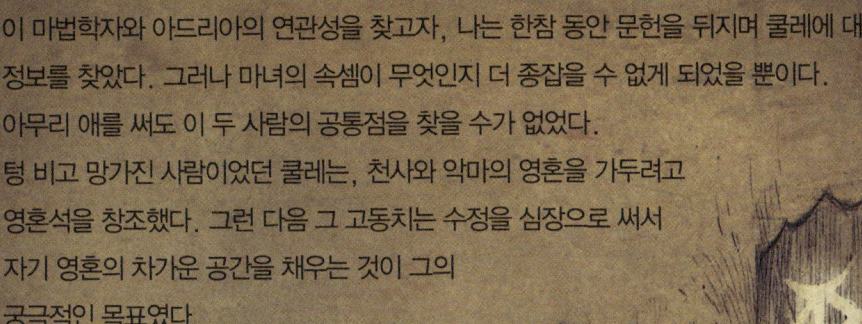

내 글을 다시 살핀 끝에, 나는 시시한 결론일지언정 하나의 결론에 이르렀다. 아드리아는 영혼석 자체를 찾고 싶었던 게 아니고, 쿨레가 천사와 악마를 가둔 방법을 알고 싶었던 것 같다. 이런 지식을 터득하면 상당한 힘을 손에 넣을 수 있을 것이리라. 내가 보기에 모순으로 흐트러진 아드리아의 삶에 한 가지 일관성이 있다면, 그것은 바로 힘에 대한 욕망이다.

이는 보다 중대하고 심란한 의문을 제기한다. 아드리아가 천사와 악마를 가두는 비법을 알아낸다면, 그 새로운 힘을 어떻게 사용할 것인가?

아드리아는 그저 힘을 추구한 것이 아니었다. 그녀는 쿨레의 방법을 연구함으로써, 일곱 악마를 영영 가두어 없애버릴 방법을 찾을 수 있다고 믿었던 것이다.

졸툰 쿨레와 검은 영혼석

나는 역사적 인물에 대해 기술하며 오랜 세월을 보냈다. 그 세월 동안, 내게 혐오감과 경외감을 똑같이 안겨준 사람은 몇 안 된다. 졸툰 쿨레가 그중 하나다.

고대 문헌에서 그는 여러 모습으로 묘사되었다. 집착이라는 나락에 떨어진 고결한 남자이기도 하고, 살인자이자 고문자이기도 하며, 용감한 호라드림의 일원이기도 했다. 그러나 그는 무엇보다도 검은 영혼석의 제작자로 알려져 있다. 이것은 불경스럽게도, 대천사 티리엘이 호라드림에게 선사한 세 개의 수정을 모조한 것이다.

지금부터 쿨레가 어찌하여 그런 위업을 이루었는지 살피고, 그의 궁극적인 의도는 무엇이었는지 고찰하려 한다.

우선 쿨레의 근본을 이해해야만 한다. 그는 변성술과 마법부여술에 능하기로 유명했던 에네아드 마법단 출신이다. 그 동족과 마찬가지로, 쿨레는 이런 기술을 연구하는 데 일생을 바치며, 물리 세계의 기본 요소를 변형시키고자 했다.

제레드 케인은 '영혼석의 성격'에서 쿨레를 다음과 같이 간결하게 묘사했다.

> 그는 만물에서 무르익은 채 자라나기를 기다리는 인생의 요소를 보았다.
> 온전했던 시절에 그는, 인간을 보다 높은 경지로 끌어올리겠다는 꿈을
> 추구했다. 쿨레는, 어쩌면 호라드림의 그 누구보다도, 좋은 세상, 무결한
> 세상을 만들겠다는 원대한 꿈을 실현할 힘과 지혜를 지니고 있었다.

세 악마 사냥 중에 탈 라샤는 쿨레에게 호박 영혼석, 사파이어 영혼석, 진홍 영혼석을 지키는 중차대한 임무를 맡긴다. 물체를 조작하는 데 능통한 에네아드 마법학자였던 만큼 그런 일에 적임이리라 생각했을 것이다. 제레드가 남긴 글에 따르면, 쿨레는 밤늦게까지 깨어서 영혼석으로 실험을 하고 그 특성을 기록하는 일이 잦았다고 한다.

케인 아저씨께서는 졸툰 쿨레에 대한 문헌을 여러 가지 언급하셨는데 그중 아저씨의 유품에서 찾을 수 있었던 것은 이것뿐이었다.

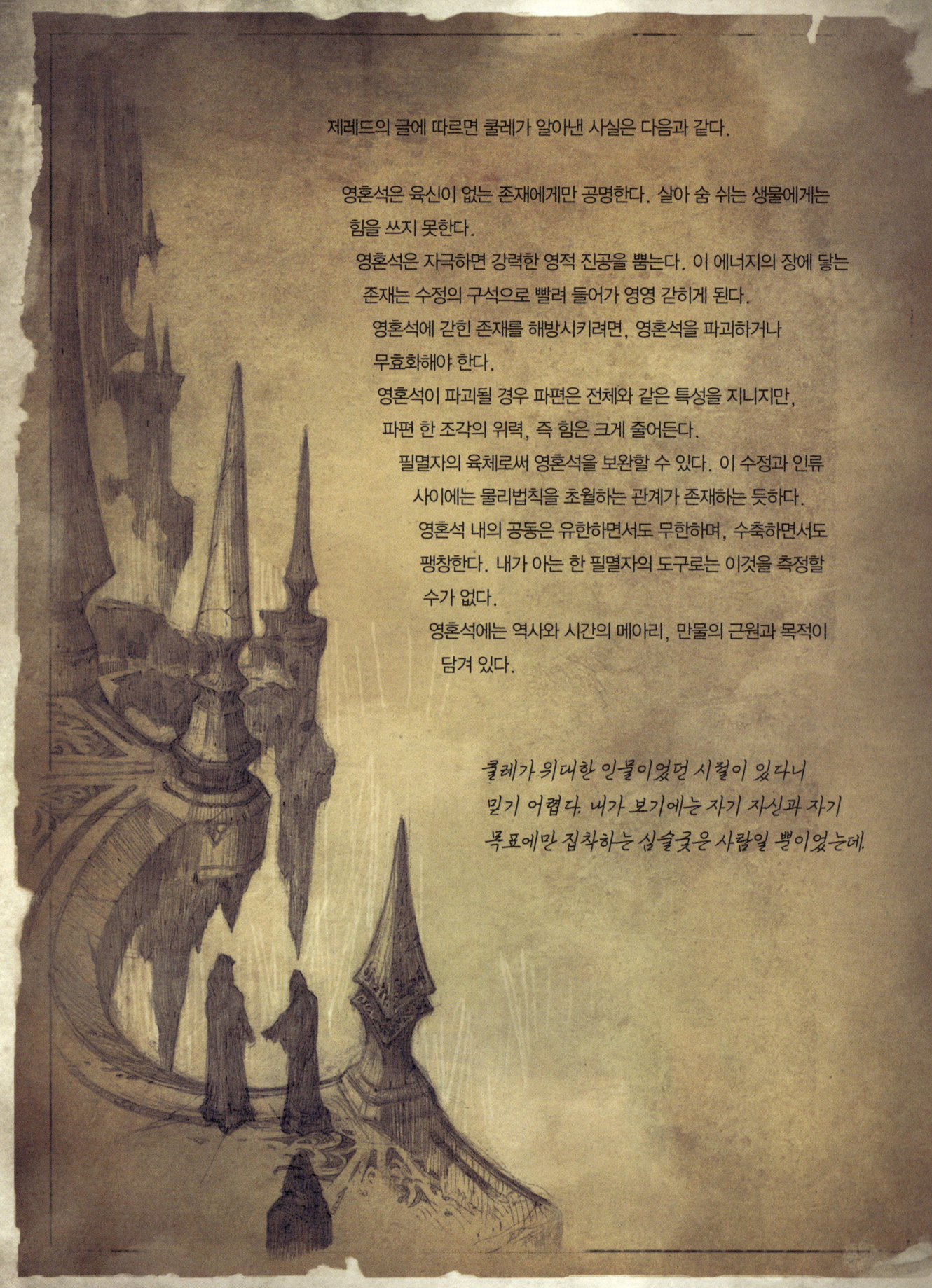

제레드의 글에 따르면 쿨레가 알아낸 사실은 다음과 같다.

영혼석은 육신이 없는 존재에게만 공명한다. 살아 숨 쉬는 생물에게는 힘을 쓰지 못한다.

영혼석은 자극하면 강력한 영적 진공을 뿜는다. 이 에너지의 장에 닿는 존재는 수정의 구석으로 빨려 들어가 영영 갇히게 된다.

영혼석에 갇힌 존재를 해방시키려면, 영혼석을 파괴하거나 무효화해야 한다.

영혼석이 파괴될 경우 파편은 전체와 같은 특성을 지니지만, 파편 한 조각의 위력, 즉 힘은 크게 줄어든다.

필멸자의 육체로써 영혼석을 보완할 수 있다. 이 수정과 인류 사이에는 물리법칙을 초월하는 관계가 존재하는 듯하다.

영혼석 내의 공동은 유한하면서도 무한하며, 수축하면서도 팽창한다. 내가 아는 한 필멸자의 도구로는 이것을 측정할 수가 없다.

영혼석에는 역사와 시간의 메아리, 만물의 근원과 목적이 담겨 있다.

쿨레가 위대한 인물이었던 시절이 있다니 믿기 어렵다. 내가 보기에는 자기 자신과 자기 목표에만 집착하는 심술궂은 사람일 뿐이었는데.

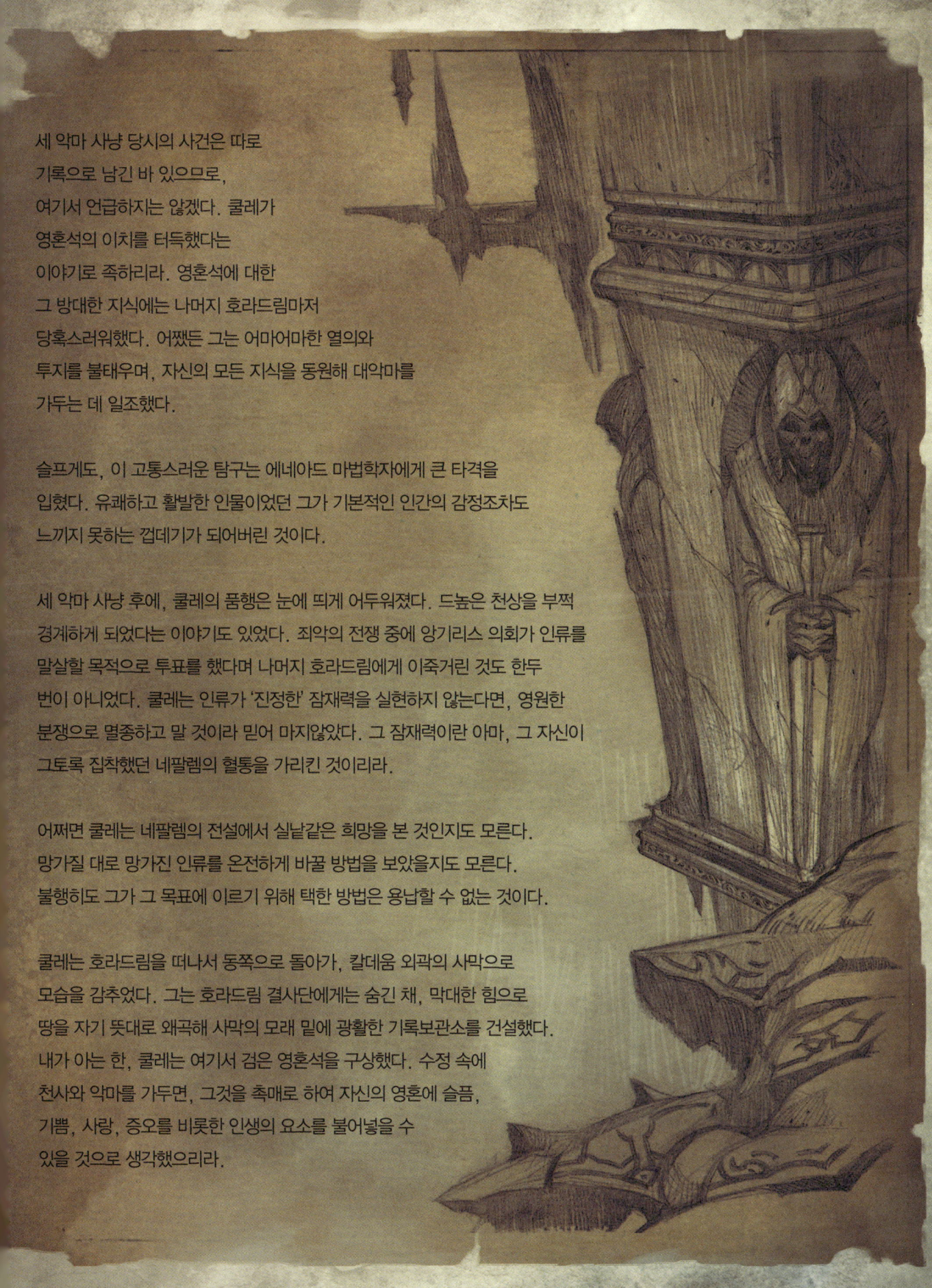

세 악마 사냥 당시의 사건은 따로
기록으로 남긴 바 있으므로,
여기서 언급하지는 않겠다. 쿨레가
영혼석의 이치를 터득했다는
이야기로 족하리라. 영혼석에 대한
그 방대한 지식에는 나머지 호라드림마저
당혹스러워했다. 어쨌든 그는 어마어마한 열의와
투지를 불태우며, 자신의 모든 지식을 동원해 대악마를
가두는 데 일조했다.

슬프게도, 이 고통스러운 탐구는 에네아드 마법학자에게 큰 타격을
입혔다. 유쾌하고 활발한 인물이었던 그가 기본적인 인간의 감정조차도
느끼지 못하는 껍데기가 되어버린 것이다.

세 악마 사냥 후에, 쿨레의 품행은 눈에 띄게 어두워졌다. 드높은 천상을 부쩍
경계하게 되었다는 이야기도 있었다. 죄악의 전쟁 중에 앙기리스 의회가 인류를
말살할 목적으로 투표를 했다며 나머지 호라드림에게 이죽거린 것도 한두
번이 아니었다. 쿨레는 인류가 '진정한' 잠재력을 실현하지 않는다면, 영원한
분쟁으로 멸종하고 말 것이라 믿어 마지않았다. 그 잠재력이란 아마, 그 자신이
그토록 집착했던 네팔렘의 혈통을 가리킨 것이리라.

어쩌면 쿨레는 네팔렘의 전설에서 실낱같은 희망을 본 것인지도 모른다.
망가질 대로 망가진 인류를 온전하게 바꿀 방법을 보았을지도 모른다.
불행히도 그가 그 목표에 이르기 위해 택한 방법은 용납할 수 없는 것이다.

쿨레는 호라드림을 떠나서 동쪽으로 돌아가, 칼데움 외곽의 사막으로
모습을 감추었다. 그는 호라드림 결사단에게는 숨긴 채, 막대한 힘으로
땅을 자기 뜻대로 왜곡해 사막의 모래 밑에 광활한 기록보관소를 건설했다.
내가 아는 한, 쿨레는 여기서 검은 영혼석을 구상했다. 수정 속에
천사와 악마를 가두면, 그것을 촉매로 하여 자신의 영혼에 슬픔,
기쁨, 사랑, 증오를 비롯한 인생의 요소를 불어넣을 수
있을 것으로 생각했으리라.

어머니께서는 쿨레가 신입 마법학자들을 기록보관소로 꼬드겨 소름 끼치는 실험을 했다고 이야기하셨다. 그들의 피를 빼고 내장을 적출하면서, 네팔렘의 '정수'를 추출하려 했다고 한다.

쿨레가 실제로 영혼석을 어떻게 만들었는지는 수수께끼다. 제레드조차 그에 대해서는 단정적인 태도를 취했다(물론 의도적이었는지도 모른다). 그 진위가 의심스러운 문헌 중에는, 쿨레가 자기 피를 뽑아서 수정으로 변화시켰다고 주장하는 문헌도 있다. 또 어느 문헌은 쿨레가 전설 속 네팔렘의 유해를 발굴해 그 뼈로 검은 영혼석을 만들었다고 주장하기도 했다.

그러나 이런 설은 억측과 풍문으로 점철되어 있으므로 비판적으로 받아들여야 한다. 중요한 것은 쿨레가 영혼석을 만드는 데 성공했다는 사실이다. 그는 그런 다음 그 수정에 천사와 악마를 가두기 시작했다. 그러기 위해 이 에네아드 마법학자는 죄악의 전쟁과 마법단 전쟁 시대의 전장으로 향했다. 천사와 악마, 네팔렘 사이에서 끔찍한 전투가 벌어진 곳으로.

쿨레의 목표를 완전히 이해하기 위해서는, 악마의 본질과 관련된 한 가지 사실을 이해해야만 한다. 내가 아는 한, 악마는 필멸자의 세상에서 죽으면 일종의 그림자를 남긴다. 그 악마가 우리 세상에 남긴 일종의 정수라 생각하면 이해하기가 쉬우리라.

그러나 천사는 전혀 다른 존재다. 쿨레는 아마도 천사를 가둘 때는 악마를 가둘 때와는 전혀 다른 방법을 썼을 것이나, 나도 자세한 내용은 모른다.

내가 아는 것은, 쿨레가 여러 가지 방법을 동원해 천사와 쓰러진 악마의 정수에 표식을 남겼다는 사실이다. 그러고는 강력한 소환 마법을 사용해 그들을 검은 영혼석 구석으로 흡수했다.

쿨레는 그 절차를 완성하기 위해 지칠 줄 모르고 연구에 몰두했다. 그 과정에서 (어쩌면 비제레이 마법의 영향으로) 악마를 사로잡고 불러내는 새로운 룬 체계를 만들어냈다는 이야기도 있다. 머지않아 그는 케지스탄 곳곳의 전장에 표식을 남겼다.

이쯤 되자, 호라드림이 쿨레의 의도를 간파했다. 신중한 고민과 계획 끝에, 그들은 에네아드 마법학자의 어두침침한 기록보관소를 덮쳤다. 쿨레는 이런 전개에 대비해 자신의 본거지에 덫과 살아 있는 모래로 만들어진 수호자를 깔아둔 상태였다. 이 임무에 참여한 한 호라드림, 이벤 파드에 따르면 많은 동지가 이때 목숨을 잃었다고 한다. 그러나 호라드림은 결국 해냈다. 쿨레가 그 대단한 소환 주문을 외우려 하는 바로 그 순간에 그를 저지한 것이다.

쿨레의 최후에 대해서는, 호라드림이 그를 죽이지 못한 것은 확실하다. 적어도 일반적인 의미로는 죽이지 못했다. 어쩌면 쿨레는 진정 네팔렘의 힘을 일깨워 초월적인 힘을 손에 넣었는지도 모른다. 어찌 되었든, 호라드림은 끔찍한 짓을 자행할 수밖에 없었다. 쿨레를 토막 낸 것이다. 그의 머리는 달구르 오아시스에 숨기고, 몸은 이벤 파드가 '어둠의 영역'이라는 수수께끼 같은 말로 일컬은 장소에 숨겼다. 고대 비제레이가 악마를 가두고 심문하는 데 쓰던 영역과 흡사한 곳이라는 소문은 들은 바 있다.

나는 검은 영혼석의 행방에 대해서는 한심하리만치 무지하다. 호라드림이 영혼석을 파괴했는가? 아니면 쿨레를 죽일 수 없던 것처럼, 영혼석을 파괴하는 것도 그들의 능력을 뛰어넘는 일이었는가? 이 에네아드 마법학자는 자신의 걸작을 지키기 위해 온갖 수를 다 썼을 테니까.

어머니는 몇 년이나 쿨레의 룬을 쓰는 법을 연구하셨다. 그게 어머니가 나와 함께할 수 없었던 이유다. 어머니는 쿨레의 주문을 풀고 그 힘을 이용해 고위 악마와 대악마에게 표식을 남기셨다.

결론

나의 비망록을 정리해 이 글을 엮고 난 지금, 다시 한 번 질문을 던져야겠다. 나는 아드리아에 대해 무얼 아는가? 인정하기 괴롭지만, 이 대답에 확실하게 답하기가 그 어느 때보다도 난감해 보인다.

한편으로 나는, 아드리아의 불미스러운 내력에 대해 많은 사실을 밝혀냈다. 그에 따르면 그녀는 충성의 대상을 자주 바꾼다. 그녀의 삶에서는 집착과 포기, 충성과 배신이 밀물과 썰물처럼 반복된다. 세브린과 마그다에 대한 대우만 보아도 알 수 있다. 이를 근거로, 아드리아는 자신의 불가사의한 목적에 유용할 때만 주위 사람을 보살핀다는 결론을 내리게 되었다. 지식과 권력에 대한 욕구가 아드리아가 맺는 인간관계의 모든 면면을 좌우하리라.

또 한편으로 나는 아드리아를 직접 만났으며, 그녀가 유별나기는 하지만 용감하고 총명한 동료라고 판단했다. 구 트리스트럼에서 나는, 불타는 지옥의 악마들과 맞서 싸우는 것이 자신의 원대한 사명이라 하였던 아드리아의 말을 믿었다. 게다가 내가 지금의 내 길을 걷게 된 데 그녀가 지대한 영향을 미쳤다고도 할 수 있다.

본인이 대항하고자 했던 바로 그 악마들을 섬기기 위해 존재하는 이교도, 마녀단의 수장이었다는 사실을, 내가 직접 경험한 아드리아와 어떻게 연결시켜야 할까? 아, 그녀를 다시 만나 마음을 비울 수만 있다면. 물을 것이 너무 많다. 본인이라면 자신의 꺼림칙한 과거에 대해 해명할 수 있을지도 모른다.

아드리아가 무슨 생각으로 마녀단에 들어가 마그다와 함께 그 무리를 이끌었는지는 몰라도, 나는 내심 그녀가 그때의 어두운 생각을 버렸다고 믿고 싶다. 그녀가 오래전 떠난 여정과 졸툰 쿨레에 대한 집착이 악이 아니라 선을 위한 것이었다고 믿고 싶다. 내 자신을 위해서, 또 레아를 위해서는 더욱, 그러기를 바란다.

그러나 이 바람에는 전혀 다른 이유도 하나 있다. 나는 종말을 연구하면서도 끊임없이 아드리아에 대한 생각에 시달렸다. 도무지 이유를 알 수가 없다. 그토록 막중하고 험난한 임무를 목전에 두고 대체 왜, 한 순간이라도 아드리아를 생각해야 하는 걸까? 레아가 내 인생에 들어왔기 때문인가, 아니면 아드리아가 장래의 사건에서 예측 불가의 역할을 하기 때문인가?

씁쓸하지만, 나는 그 답을 지금도 모르고 앞으로도 모를까 두렵다.

케지스탄력 1285년

오스타라 1일

칼데움에서 아저씨의 책을 뒤적이던 때가 바로 며칠 전인 것 같은데…… 사실은 훨씬 오래전인 걸 안다. 시간의 경계가 흐릿해지고 있다. 시간의 의미가 사라지고 있다. 나는 밤낮 이곳 철벽의 성채 한 구석에 처박혀 있다.

 어머니께서는 네팔렘과 티리엘이 아즈모단의 군단을 유인했다고 말씀하셨다. 우리가 처음 여기 도착했을 때 아즈모단은 성채를 전력으로 공격하고 있었다. 악마들이 성벽에 몸을 던지며 거대한 성채의 골조를 뒤흔들고 있었다. 이제 끝났다. 일이 계속 잘 풀린다면, 우리는 곧 아즈모단을 다른 악마들과 함께 검은 영혼석에 가두게 될 것이다.

 하지만 희망을 가지기가 너무 힘들다. 영혼석 말고는 아무것도 생각할 수가 없다. 악마들, 그들은 종말이 다가오고 있다는 걸 안다. 그들은 점점 필사적으로 변하고 있다. 점점 어지럽게 날뛰고 있다. 이 수정에서 발산되는 힘이 내가 보는 방식을, 느끼는 방식을 바꾸고 있다. 때로는 몸이 수천 갈래로 늘어나는 것만 같은 고통에 정신을 잃고 만다. 때로는 내가 으스러지는 느낌이 든다. 몸이 안으로, 또 안으로 꺼지다가 마침내는 어둠이 나를 삼켜버린다.

 어머니는 내게 자라고 하시지만 자기가 점점 힘들어진다. 나는 늘 신 트리스트럼과 케인 아저씨의 꿈을 꾼다. 아저씨께서는 책상에 앉아서 책을 이리저리 뒤적이고 계신다. 집의 창문으로 웃음소리가 흘러든다. 근처의 술집에서 베이컨이 익는 냄새가 풍겨 온다. 잠깐이나마 모든 것이 평소와 같다.

그때 나는 눈을 뜬다. 웃음소리는 옆방에 누운 부상병의 마지막 숨소리로 변한다. 베이컨 냄새는 흉벽에서 불타는 시체의 악취로 변한다.

지금까지 잃은 모든 것의 기억이 나를 짓눌러 나는 마침내 꼼짝할 수가 없게 된다. 하지만 어머니께서는 나를 수렁에서 건지는 법을 아신다. 내 호라드림 목걸이를 벗겨 손에 쥐어 주시는 것이다. 차가운 금속의 감촉이 내게 강해지라고 한다. 내가 실패한다면 신 트리스트럼, 칼데움, 철벽의 성채에서 죽어간 모든 사람이 헛되이 목숨을 잃은 것이 되고 만다. 케인 아저씨가 종말을 막기 위해 희생하신 그 모든 세월이 부질없는 것이 되고 만다.

아저씨, 전 포기하지 않았어요. 승리가 눈앞에 있어요. 그리고 그건 어머니 덕분이에요. 아저씨께서 왜 어머니를 의심하셨는지는 알겠어요. 아저씨가 여기 계셔서 어머니가 얼마나 힘들게 싸우고 계신지, 어머니가 제게 얼마나 큰 힘을 주고 계신지 보실 수만 있다면……

내가 비틀거릴 때면 어머니께서는 곁에서 나를 잡아 주신다. 내가 자랑스럽다고, 내가 무척 그리웠다고 말씀해 주신다. 우리는 전투가 끝나면 해야 할 일에 대해 이야기한다. 어머니는 우리의 노력이 결실을 맺을 수 있도록, 조금만 더 힘내라고 나를 격려하신다.

어머니께서는 이 고통이 곧 끝날 거라고 내게 다짐하신다. 그러고 나면 우리는 함께 새로운 삶을 시작할 것이다.

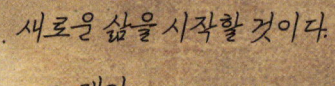
- 레아

2부
검은 영혼석의 운명

필멸자라는 것

필멸자의 삶에 적응하기 위해 보낸 시간이 쉬웠다고는 말하지 않겠다. 이 새로운 생에는 여러 측면이 있지만, 좀처럼 기본적인 것조차 받아들이기가 어려웠다. 천사에게는 수면이 필요 없으므로, 이 개념에 대해서는 과거 인간과의 교류를 통해 어렴풋이 인식하고 있었을 뿐이다. 필멸자가 된 후 처음 며칠 동안, 나는 잠을 갈구하는 육신과 싸우다가 마침내 피로에 굴복했다. 뒤따른 기묘한 꿈은 내 정신을 어지럽혔다. 그것은 불가해였으며, 이성적 사고 밖의 영역에서 생겨난 심상과 감정이 뒤얽히며 일으키는 폭풍이었다.

그러나 필멸자로서의 삶의 다른 면면과 마찬가지로, 나는 꿈을 아끼게 되었다. 인간의 선견자들은 꿈에 의미가 있다고 주장하기도 하는데, 나도 동의하는 바이다. 나는 필멸자가 때때로 꿈을 통해 현실의 장막을 가르고 잠깐이나마 순수한 통찰의 세계에 접할 수 있다고 믿는다.

최근에 내 꿈에서 떠날 줄을 모르는 것이 있으니, 바로 검은 영혼석이다. 언제든, 무엇에든 이 수정이 비쳐 보인다. 이것은 내 집착의 대상이 되었고, 내 삶의 목적이 되었다.

내가 앙기리스 의회와 드높은 천상의 의지에 반하는 행동을 한 것도 그 때문이다.

호라드림이여, 이 글을 읽을 때면 너희는 이미 영혼석에 대한 나의 계획을 알 것이다. 그래도 나는 여기에 상세한 기록을 남기고자 한다. 어떤 어수선한 사건이 있었기에 내가 이 위험천만한 길을 택하게 되었는지, 너희가 짐작할 수 있게 하기 위함이다.

―――――

인간에 대한 나의 충심은 빈번히 의문시되었다. 내가 천사 동포와 마찬가지로 인간을 업신여긴 적이 있었다는 사실은 기꺼이 인정하겠다. 그러나 인간이 헌신의 능력을 타고난다는 사실을 안 다음에는 필멸자에게 깊이 탄복할 수밖에 없었다. 나는 인간에 대해 알수록 나의 동족을 달리 보게 되었다. 그리고 마침내, 천사라는 존재의 확연한 결점을 인식하게 되었다.

천상에 있는 주민의 특징을 알아두어라. 그들은 언제나 규율에 충실하다. 규율이 그들의 존재를 지배하며, 그들의 모든 사고와 행동을 지시한다. 이는 천사들에게 대단한 힘과 합일성을 부여하지만, 한편으로는 그들의 행동을 제한한다.

이런 결점은 앙기리스 의회와 나의 관계에서 더없이 분명하게 드러났다. 다섯 대천사, 즉 임페리우스, 아우리엘, 이테리엘, 말티엘, 그리고 나는 필멸자의 세상에 관여해서는 안 된다는 규율에 매여 있었다. 그러나 내가 이 규칙을 느슨하게 지켰던 데 비해 의회의 나머지 성원들은 아무런 의문도 없이 따랐다. 그들은 심지어, 세 대악마가 인간을 타락시켜 영원한 분쟁의 균형을 깨려고 했을 때조차 이 규칙에 복종했다.

내가 대재앙을 막으려고 개입하자, 의회는 내가 무모하다며 꾸짖었다. 그들은 불타는 지옥이 곧 필멸자 세계를 공격할 것이라는 내 경고를 무시했다. 나는 그들이 그 귀한 규율을 진실보다 더 소중히 여기기에 이르렀다는 사실을 깨달았다. 아무리 주장을 하고 설득을 해도 이치가 통하지 않았다.

나는 의회의 불변하는 무위에 질려, 일부러 천사의 정수를 버리고 필멸자의 형상을 취했다. 그럼으로써 나는 천상에 본보기가 되고자 했다. 보다 큰 선을 위해서라면 규율을 비틀 수도 있다는 것을 증명하고자 했다.

나는 또한, 인간이 언젠가는 네팔렘의 혈통을 통해 헤아릴 수 없는 힘을 손에 넣게 될 것임을 알았다. 임박한 지옥의 침입을 막고 천사와 인간의 간극을 메우기 위해 나는 인간과 손을 잡아야만 했다.

과거를 되돌아보며 나는 내가 필멸자의 생에 얼마나 무지했는지 깨닫는다. 나는 대천사로서 몇 세기 동안 인간을 관찰하고 인간과 교류했다. 몇 세대의 인간이 태어나고 죽는 것을 보며, 그 삶을 지배하는 힘을 연구했다. 심지어는 필멸자에 대해 더 알 것이 없다는 생각이 든 적도 있었다.

얼마나 터무니없는 생각이었던가.

아드리아의 배신으로 내 무지의 정도가 드러났다. 전쟁으로 피폐해진 철벽의 성채에서, 마녀는 우리에게 등을 돌렸다. 마녀는 일곱 지옥의 군주가 갇혀 아우성치는 검은 영혼석을 써서, 다름 아닌 자기 딸을 대악마 디아블로로 탈바꿈시켰다.

그 순간, 나는 만사를 의심했다. 나와 내 동료가 아드리아를 그토록 맹목적으로 믿었던 것은 필멸자의 나약함 때문인가? 인간과 함께 싸우기로 했을 때, 나는 종말을 자초하고 만물을 악의 손아귀로 몰아넣은 것인가?

디아블로가 천사의 세계를 휩쓸며 천상의 하늘에 불꽃과 어둠을 퍼부을 때, 나의 마음은 절망으로 요동했다. 살아 움직이는 어둠의 촉수에 찢겨 죽어가는 천사들의 울부짖음이 내 마음에 공포를 불어넣었다. 내가 결코 제대로 이해한 적이 없었던, 거칠고도 갑작스럽게 밀어닥치는 필멸자의 감정이 나를 무력하게 했다.

천사들도 무력하기는 마찬가지였다. 불가능한 일이 일어났다. 영원한 분쟁에도 우뚝하게 자리를 지킨 다이아몬드 문이 폐허가 된 것이다. 내가 그랬듯이, 많은 천사들이 실의와 낙담에 빠진 채 패배를 필연으로 받아들였다.

그러나 우리가 포기했을 때도, 나의 필멸자 동료들은 꿋꿋이 나아갔다. 신성한 수정 회랑에서 그림자를 드리우고 있는 대악마를 무찌를 용기를 지닌 것은 그들뿐이었다.

승리 후에 느낀 희열은 오래가지 않았다. 나의 필멸자 전우들은 곧 떠나버렸고, 나는 혼자 남아 천상에서 내 자리를 찾기 위해 고군분투했다. 음식을 비롯해 필멸자의 생에 반드시 필요한 물품은 천상에는 전혀 존재하지 않았다. 나는 천상을 휩쓴 숨 막히는 어둠의 악몽으로 잠을 설쳤다.

한때 낯익었던 곳이 낯설고 불길하게만 느껴졌다. 내가 다스리던 정의의 회랑에서는, 대악마의 손에 죽어간 천사 하나하나가 흐릿한 환영으로 나타나 나를 괴롭혔다. 쓰러진 수호자들은 나 때문에 죽었노라며 나를 탓했다. 죄책감에 사로잡힌 나는 그들의 심판에 응할 용기조차 내지 못했다.

그래서 나는 달아났다.

나는 천상의 광활함이 두려웠다. 이 광대한 세계에서 나는 하찮고 덧없는 필멸자에 지나지 않았다. 나는 필멸의 족쇄에서 자유로운 대천사로서의 단순한 삶을 점점 더 갈망하게 되었다.

이 갈망은 빛노래가 들릴 때, 즉 천사들이 태어날 때 정점에 달한다. 천상의 주민들이 수정 회랑에 모여서, 자신의 정수를 거대한 구조물과 합일시킨다. 이 완벽한 화음으로부터 천사들이 생명을 얻는다. 그러나 필멸자인 나는 이 숭고한 교향곡에 참여할 수 없었다. 천사의 신성한 의식이 거행되는 동안 그저 바라볼 수밖에 없었다.

내 고향이라 할 유일한 곳에서 이방인이 되고야 말았다.

소외되고 고립된 나는 데커드 케인, 레아, 그리고 네팔렘을 추억하며 위안을 얻었다. 그들에게서 힘을 얻고자 한 것이다. 그들은 모두 역경과 회의를 극복했다. 그들은 모두, 세계에 대한 관점을 바꾸고 절망 속에서 희망을 찾으며 압도적인 공포에 직면해서도 용기를 이끌어내는, 필멸자 특유의 경이로운 능력을 지니고 있었다.

호라드림이여, 내가 이 말을 너희에게 전하는 것은 내가 너희보다 지혜롭다고 생각해서가 아니다. 자신에 대한 진정한 식견을 얻기 위해서는 국외자의 관찰이 필요할 때가 있기 때문이다. 그러나 내가 너희에게 전할 수 있는 일말의 깨달음이 있다면, 그것은 필멸자의 진정한 힘은 그들이 절반의 빛과 절반의 어둠으로 이루어졌다는 사실에서 비롯된다는 점이다. 이 이중성으로 인해 필멸자는 상반되고 모순되는 감정 사이를 끊임없이 오간다. 이처럼 감정의 폭이 넓기에, 필멸자는 특유의 균형감과 자유를 지닐 수 있는 것이다.

그래서 나는, 상충되는 감정의 밀물을 피하기보다는 직면하기로 했다. 그리고 그것에 적응했다. 그러자 서서히 나를 괴롭히던 문제의 너머가 보이기 시작했다. 언뜻언뜻, 내 필멸자의 눈에도 천상의 아름다움이 보이기 시작했다. 나는 천상의 위풍에 경이를 느꼈고, 장엄한 용기의 전당으로부터 고요한 희망의 정원에 이르는 각각의 영지가 나의 마음에 뚜렷하고도 깊은 인상을 남긴다는 사실을 깨달았다. 나는 마침내 필멸자처럼 보기 시작한 것이다.

나는 이 새로운 시각으로 천사의 세계에서 미묘한 어둠을 포착했다. 휘황한 수정 첨탑과 기둥에 그림자가 드리웠다. 천상의 하늘에 속삭이듯 메아리치는 찬란한 합창에 불협화음이 나타났다.

커져만 가는 부조화의 중심에서, 나는 검은 영혼석을 보았다.

앙기리스
의회의 불화

대악마의 패배 후에, 나는 앙기리스 의회에 다시 관여하기 시작했다. 예전에는 정의의 대천사로서 천상의 의회에 섰으나, 이제는 실종된 대천사 말티엘의 소임이었던 지혜의 자리에 섰다. 이 소임을 맡은 것은 어떤 면에서는 고의적이었다. 천사와 인간에게 새로운 여명을 부르는 데 있어서는 지혜의 미덕이 정의의 미덕보다 중요하다고 믿었다. 그러나 나의 변화에는 더 큰 이유가 있었으니, 수정 회랑의 희미한 부름이 내게 반드시 지혜의 역할을 맡아야만 한다는 생각을 불어넣었기 때문이다.

나는 의회에 관여하면서도 검은 영혼석에 대한 이야기는 아꼈다. 대악마의 몸뚱이는 사라졌으나 수정은 온전했으며, 그 영혼은 아직도 마법의 감옥 안에서 아우성치고 있었던 것이다. 천사들은 임페리우스의 지휘 하에 빠르게 그 더러운 유물을 되찾아 앙기리스 의회에 맡겼다.

대천사들이 불타는 지옥의 군주들에게 그토록 강한 위력과 지배력을 행사한 적은 일찍이 없었다. 또한 천지에서 악을 축출하고 영원한 분쟁을 마침내 종식시킬 중차대한 기회를 손에 넣은 적도 일찍이 없었다.

아우리엘은 빛과 소리로 밀실을 만들어 수정을 영원히 숨기자고 제안했다. 임페리우스는 영혼석을 부수어 악마를 멸한 다음 불타는 지옥을 전면적으로 침공하는 것이 유일한 길이라고 주장했다. 이테리엘은 대악마와 천상의 참상과 얽힌 인간의 미래를 보지 못했다는 데 괴로워하며, 결단을 내리지 못하고 있었다.

의회는 방침을 의결하지 못한 채 분열되었다. 내가 검은 영혼석이 대천사들에게 은밀한 영향을 미치고 있음을 눈치채기 시작한 것은 이때의 회의에서였다. 영혼석이 꺼림칙한 힘을 지닌 것은 사실이지만, 그것은 일반적인 의미의 타락은 아니었다. 영혼석을 오랜 시간 다룬 천사들은 공포, 증오, 파괴 등 일곱 악마에게 고유한 어두운 감정에 압도당한다. 필멸자의 경우에는 그 영향이 더욱 크리라.

영혼석의 존재 자체가 대천사 사이에 쐐기를 박아, 끝없는 논쟁과 분란을 야기했다. 명심해라. 천사들에게 힘을 불어넣는 것은 조화이다. 불화란 마치 사지와 기관에 퍼질 대로 퍼져 끝내는 몸뚱이를 말려 죽이는 필멸자의 질병과도 같다. 그와 마찬가지로 의회의 분열은 천상에 파급되어 그 안의 모든 주민을 위협했다.

나는 대천사들에게 분열이 심화되고 있으며 그 원인이 영혼석이라고 경고했으나 무시당했다. 임페리우스는 내가 필멸자가 되면서 겁쟁이가 되었기 때문에 괜한 우려를 하는 것이라 치부했다. 그는 또한 나로 인해 천상에 참상이 닥쳤다며 비난했다. 또한, 나는 필멸자이므로 지혜의 화신으로서 말티엘을 계승할 자격이 없다고 주장했다.

임페리우스의 행동은 내 마음을 어지럽게 했다. 천상이 불타고 충직한 추종자들이 눈앞에서 쓰러지는 모습은 그에게 지대한 영향을 미쳤다. 그는 자만심 때문에 필멸자들이 천상을 멸망에서 구했다는 사실을 받아들일 수 없었던 것이다. 수치심과 분노심에 휩싸여 사리를 분간하지 못하게 된 것이리라.

그러나 임페리우스의 비난에도 일리는 있었다. 비록 내가 내 뜻으로 지혜의 화신이 되기는 하였으나, 내 부름을 완전히 받아들인 것은 아니었다. 나는 내가 과연 말티엘을 계승할 수 있을지 의심스러워 다른 천사를 거느리기를 삼가고 있었다. 심지어는 내 전임자의 영지인 지혜의 웅덩이에 가서 그가 가진 힘의 전설적인 근원인 찰라드아르, 즉 지혜의 성배를 취하는 일조차 피하고 있었다.

이 유물을 들여다보면 필멸자에 지나지 않는 나의 정신은 파멸하고 말 것인가? 아니면 전혀 아무렇지도 않을 것인가? 갖가지 결과와 재앙에 대한 우려가 내 정신을 잠식하고 있었다.

임페리우스가 의도한 바는 아니겠지만, 그의 끊임없는 도발에 떠밀려 나는 끝끝내 나의 두려움과 마주하게 되었다. 의회가 검은 영혼석을 두고 교착하고 있는 한, 대천사 사이의 불화는 벌어진 상처와도 같이 곪아갈 것이리라. 지혜의 힘에 의지하지 않고는 이 궁지를 벗어날 수가 없었다. 그리하여 나는 결국, 찰라드아르를 취할 목적으로 지혜의 웅덩이에 발을 들였다.

지혜

빛과 소리가 천상의 구조를 엮은 후 오랜 세월 동안, 말티엘은 대천사 중에 이치의 기둥으로서 존재했다. 의회에서 불일치가 일어날 때마다, 그가 불화를 가라앉히고 우리의 엇갈리는 의견을 완벽한 조화로 이끌었다. 그는 만물의 의미, 만물의 진실을 찾기 위해 존재했다.

그토록 대단한 영향력을 지녔음에도, 말티엘은 대천사 중 그 누구에게도 결코 자기 뜻을 강요하지 않았다. 조용하고 고독했던 그는 동족에게조차 수수께끼였다. 그럼에도 천상의 주민은 대부분 말티엘을 공경했다. 앙기리스 의회의 대천사들 외에도, 수많은 천사들이 그 영지에 흐르는 고요한 광채를 쪼이기 위해 지혜의 웅덩이를 즐겨 찾았다. 말티엘과 사담을 나눌 기회를 노리며 그곳에 머무는 이도 있었다.

그러나 그런 영예를 누린 이는 얼마 되지 않았다. 지혜의 대천사는 좀처럼 입을 열지 않았던 것이다. 그가 입을 열기라도 하면, 일순 천상의 합창이 그치고 말티엘의 말이 천사들의 세상을 구석구석 비추어 모두가 그 소리를 들을 수 있었다.

먼 과거에 완전무결한 세계석이 사라졌을 때, 말티엘은 그 소재의 수수께끼를 푸는 데 전념했다. 그러나 진실을 알아내기란 쉽지 않았다. 지혜의 대천사는 앙기리스 의회로부터 더욱더 소원해지고 고립되었다. 마침내 우리가 세계석이 성역에 숨겨져 있었다는 사실을 알아낸 후에도 그 행동은 변하지 않았다. 말티엘은 계속 이러한 사태의 의미를 탐구했다. 필멸자의 세월로 수십 년 동안, 그는 침묵과 좌절 속에서 명상을 하며 성배의 변덕스러운 심연을 들여다보았다. 지혜의 대천사는 또한, 천상에서 갑자기 모습을 감추고 홀로 오랜 시간 생각에 잠기는 일도 잦았다.

그러던 그는 마지막으로 불가사의한 여정을 떠나 다시는 돌아오지 않았다.

그의 현재 행방은 아무도 모른다. 앙기리스 의회는 말티엘을 가장 가까이서 따르던 자들을 보내 그를 찾았지만, 돌아온 자는 거의 없었다. 그가 혼돈의 요새의 초현실적인 회랑을 배회한다는 소문이 파다하지만, 내가 직접 소문을 확인해보지는 않았다. 진실이 무엇이든, 말티엘이 없는 앙기리스 의회와 드높은 천상은 그 전만 못하다.

내가 이 사실을 너희에게 전하는 것은, 나의 전임자가 천상에 얼마나 막대한 영향을 미쳤는지를 이해시키기 위해서다. 나는 내가 그만한 영향력을 발휘하는 데 실패해 천사와 인간이 화합할 가망을 산산이 부숴버리는 게 아닐까 염려스러웠다. 내가 그토록 오래 지혜의 웅덩이를 멀리했던 건 무엇보다도 이런 생각 때문이었다.

내가 마침내 용기를 내 말티엘의 옛 터전에 발을 들였을 때, 그곳은 차갑고 황량하게 느껴졌다. 마치 천상의 빛이 닿지 않는 곳에 존재하기라도 하는 듯이. 으스스한 소리의 공백, 견디기 괴로울 정도의 침묵이 영지에 감돌았다. 살아 있는 빛으로 메아리치던 수정 수조와 샘은 모두 말라버린 채였다. 한때 장엄하였으나 이제 침묵하는 이 영지의 심장부에서, 나는 찰라드아르를 발견했다.

끊임없이 빛으로 흘러넘치는 이 그릇을 필멸자가 쓴다면 어떻게 될 것인가?

우선, 이 성배가 필멸자를 위해 만들어진 것이 아님을 알아라. 지금도 나는 그 힘을 길들이기 위해 고군분투하고 있다. 때로 찰라드아르는 내가 필멸자로서 느끼는 감정의 거친 힘을 일깨워, 나를 혼란과 공포, 분노의 소용돌이에 내던진다. 때로는 냉랭한 추위가 나를 감싸 나의 골수까지 한기를 불어넣는다. 나는 나 자신의 필멸성과 만물을 기다리는 죽음의 필연성에 사로잡힌 채 꼼짝할 수가 없게 된다.

긍정적인 영향도 찰라드아르에는 많다. 성배를 들여다보고 있자면 몸과 마음에 깊은 자신감과 힘, 희열이 차오른다. 또한 인식의 장벽이 허물어지며, 모든 감정과 생각의 상통성, 만물의 합일성이 환히 보인다. 빛과 어둠, 사랑과 증오, 삶과 죽음…… 성배를 들여다보면 이것이 본질적으로 같은 수정의 다른 면일 뿐임을 알 수 있다. 이와 같이, 찰라드아르는 완전무결한 객관성을 지니고 상황을 지각할 수 있게 해준다.

찰라드아르를 사용하자, 나를 오랫동안 괴롭히던 두려움이 사실임을 알 수 있었다. 검은 영혼석이 대천사들의 손에 있는 한, 그것은 천상과 필멸자 세상 모두의 몰락을 초래할 것이다. 영혼석을 지키는 임무는 앙기리스 의회의 일이 아니었다. 인류의 일이었다. 인간만이 그토록 큰 짐을 지는 데 필요한 선견지명, 의지력, 균형감을 지니고 있었다.

이 계시를 되돌아보니, 필멸자에게 이 임무를 맡기는 게 당연한 해결책으로 보인다. 나는 앙기리스 의회가 하나가 되어 영혼석을 지키기를 간절히 바란 나머지, 그 진실을 외면했던 것이다. 찰라드아르는 나의 자기기만을 허물어, 나로 하여금 고통스럽지만 엄연한 진실을 마주하게 해주었다.

지혜의 대가는 그런 것이다.

신 호라드림

나는 찰라드아르에서 얻은 통찰을 앙기리스 의회에 전했으나, 대천사들은 결코 인류가 검은 영혼석을 지배하도록 두지 않으리라는 사실이 분명해졌다. 그에 따라 나는 영혼석의 운명에 관한 내 생각을 비밀에 부치기 시작했다.

영혼석을 지킬 전사와 관련해 나는 여러 가지 가능성을 고려했다. 대악마를 물리친 네팔렘, 헌신적이고 현실적인 라트마의 사제들, 불굴의 결의로써 아리앗 산을 지켰던 야만용사 부족 등. 하지만 내 생각은 언제나 최초의 호라드림으로 돌아갔다.

결사단의 창설이나 세 대악마와의 전투에 대해서는 상술하지 않겠다. 그에 대해서는 데커드 케인을 비롯한 여러 학자가 방대하게 저술로 남긴 바 있기 때문이다. 그러나 짚고 넘어갈 것이 한 가지 있으니, 호라드림의 힘은 여타 필멸자 조직에는 존재하지 않는 미덕인 다양성에 있었다는 점이다. 이 결사단을 구성한 마법학자들은 이질적인 문화에서 유래하였으며, 개중에는 공개적으로 서로 적대하는 문화도 있었다. 구성원들은 끊임없이 다투고 시샘했으나, 그 다름이야말로 그들의 가장 큰 무기였다. 마법학자 개개인의 독특한 신념과 세계관 덕분에, 그들은 정체되지 않고 불가능한 난관에 맞서서도 기발한 해결책을 생각할 수 있었던 것이다.

그러나 케인을 제외하면 호라드림은 이미 몇 세기 전 맥이 끊겼다. 그렇다고 다른 결사단을 조직한다는 것은 벅찬 일이고, 내게는 그럴 시간도 없었다. 나는 호라드림에 대한 생각을 머릿속에서 밀어내고 지내다가, 케인의 글 중 이런 내용을 읽게 되었다.

> 그들은 스스로 '정예 결사단'이라 칭했다.
>
> 내가 파악한 바에 따르면, 한 무리의 학자가 게아 쿨에서 숨겨진 호라드림 서고를 우연히 발견했다. 마법에 조예가 깊은 문인이었던 가레스 라우라는 남자가 이 신생 결사단의 지도자를 떠맡았다. 그는 새로운 전우들과 함께 호라드림의 신조를 따르겠다고 맹세를 했다.
>
> 그러나 한참 후에야 라우가 거짓의 군주, 벨리알의 손아귀에 떨어졌다는 사실이 밝혀진다. 이 일이 언제 일어났는지는 불확실하지만, 라우는 타락의 심연에 빠진 채 온갖 기괴한 피의 의식과 인체 변형을 행했다. 그는 또한 레아의 타고난 힘에 대한 흉계도 꾸미고 있었으며 그에 따라 우리 두 사람을 기만의 그물로 유인했다.

케인의 기록

기적적인 일이지만, 정예 결사단이 모두 라우처럼 타락한 것은 아니었다. 이런 끔찍한 사건에도 결사단의 존엄성을 지킨 이들이 있었다. 그들은 학자일 뿐이었지만, 그럼에도 게아 쿨에 대한 라우의 지배를 무너뜨리고 이 비열한 거짓 지도자로 인한 호라드림의 오명을 씻기 위해 용감하게 싸웠다.

이에 대해서 나는 이들에게 큰 빚을 졌다. 나는 정예 결사단을 절대적으로 존경하며, 따라서 호라드림의 유산을 계승해 달라고 이들을 축복했다.

아, 호라드림이 다시 일어나리라고는 꿈에서도 상상하지 못했다. 대천사 티리엘이 최초의 호라드림에게 지시한 가치를 지키며 살아가는 이들이 존재한다는 걸 알게 되니, 내 마음에 기쁨이 차오른다.

내게 그들과 함께할 시간만 있었다면. 언젠가는 그럴 수 있기를 바란다.

호라드림이 전과는 다른 형태로나마 아직 존재한다는 사실을 알게 되니 기운이 났다. 정예 결사단이 새로운 호라드림의 초석을 다진 것이다. 내가 이끌어준다면 이들은 검은 영혼석을 지키는 데 중추적인 역할을 해낼 수 있을 것이었다.

결사단을 다지기 위해 나는 마법과 무술에 소질이 있는 믿음직한 필멸자들에게 도움을 요청하기로 했다. 여기서 이름을 하나하나 언급하지는 않겠다. 이 위험천만한 거사에 가담하지 않으려 하는 이가 있을지도 모르니. 그러나 나는 그런 자를 나쁘게 생각하지는 않는다. 호라드림이 된다는 것은 타인의 생명을 자신의 생명보다 우선하는 것이기 때문이다. 나약한 필멸자를 파멸시킬 수도 있는 공포를 견디며, 세상의 가장 어두운 구석에서 악을 몰아내는 것이기 때문이다. 그런 부름에 응할 용기를 지닌 자는 많지 않다.

나는 호라드림에 대한 나의 판단에 자신이 있었으나, 영혼석을 어디에 두어야 안전하게 감시할 수 있을지를 놓고는 한참을 더 고민해야 했다. 나는 케인의 글에서 답을 구했다. 잃어버린 도시 우레, 비전의 성역 등 이 세상의 비밀스러운 장소의 역사에 대한 그의 글을 파고들었다. 나는 찰라드아르의 흔들리는 심연을 들여다보며, 내가 알아낸 모든 것에 대해 묵상하고 통찰을 구했다.

나는 지금도 결정을 내리지 못한 상태이지만, 지금으로서는 서부원정지 외딴곳에 자리한 네팔렘 지하 도시가 가장 유력해 보인다. 혹시 추후에 유용하게 쓰일까하여, 이 나라의 역사와 그 고대 폐허에 대한 케인의 논문 전문을 첨부한다.

데커드 케인의 지팡이

탈 라샤의 지혜로운 너울

데커드 케인의 저작에서 발췌함

라키스와
서부원정지 건국
정복의 서곡

이 세상의 무수한 국가 중에서 단연 흥미로운 국가는 서부원정지다. 이곳은 비에 젖은 항구와 시원스레 펼쳐진 초원의 땅으로, 현존하는 가장 위대한 왕국 중 하나다. 이는 상대적으로 짧은 그 역사를 고려하면 더욱 인상적인 사실이다.

그러나 현대의 서부원정지는 건국 당시의 서부원정지와는 매우 다르다는 데 유의해야 한다. 그 건국에 얽힌 역사적 사건을 여기서 자세히 살피려 한다. 이후에 기록한 정보는 대부분 이 나라의 과거에 대한 중요한 저작인 '서부원정지와 라키스의 아들들'에서 취한 것이다.

우선 자카룸교의 발생기를 간단히 짚고 넘어가려 한다. 이 유명한 교단의 흥성과 서부원정지의 건국 사이에는 밀접한 관련이 있기 때문이다.

거의 세 세기 전에, 광대한 케지스탄 제국은 기근과 역병에 시달리며 동요하고 있었다. 짓밟힌 평민과 부패한 지배층 사이에서 하루가 멀다 하고 피비린내 나는 폭동이 일어났다. 한 마디로, 케지스탄이 일찍이 경험한 적이 없는 규모의 반란이 일어날 분위기가 무르익고 있었던 것이다.

이 불길한 시대에 즈음하여 지금까지는 사회의 변두리에 존재했던 교단인 자카룸이 두각을 드러내기 시작했다. 이 종교는 자결권, 자율, 모든 인간의 내면에 존재하는 빛에 대해 설파한 아카라트의 가르침에 기반하고 있었다. 불평등과 절망이 만연한 케지스탄에서 자카룸 교리는 마치 들불처럼 번지는 듯했다. 사학자들은 또한, 쿠라스트 지역에 방대한 사원 단지인 트라빈칼이 건설된 데서 그 급성장의 원인을 찾기도 한다.

자카룸의 득세에 대해서는 더 파고들지 않겠다. 이 이야기를 전개하는 데 있어서는, 교단이 수십 년의 기간에 걸쳐 점점 영향력을 확대하였으며, 머지않아 제국 정치의 판도를 좌우지하는 세력이 되었다는 점만 짚으면 족하다.

케지스탄의 지배층은 급성장하는 교단의 세력에 두려움을 느끼고 폭력과 박해로써 자카룸을 근절하려 했다. 그러나 이 잔인한 책략은 오히려, 환멸을 느낀 민중을 교단의 품으로 내몰았을 뿐이다.

문헌에 따르면, 새로 즉위한 타사라는 황제가 자카룸과의 갈등이 무익하다는 결론을 내렸다고 한다. 그는 노련한 책략가로 정치적 수완이 능했다고 전해진다. 전임 황제와 달리, 타사라는 자카룸을 장애물로 보지 않고 오히려 자신의 통치권을 강화할 수단으로 보았다.

타사라는 자카룸교로 개종했고, 이에 지배층은 혼란과 분노에 휩싸였다. 타사라 황제는 자카룸을 케지스탄의 국교로 제정했고, 심지어는 제국의 수도를 고대 도시 비즈준에서 자카룸 중심지 쿠라스트로 옮기기까지 했다. 타사라는 이 능란한 한 수로 케지스탄 서민의 존경심은 물론, 여부없는 충성심을 얻은 것이다.

서부원정지와 라키스의 아들들에 따르면 귀족도 대부분 타사라의 본보기를 따랐으나, 끝까지 반대한 귀족도 몇 있었다고 한다. 자신이 누리던 권세를 교회와 나누고 싶지 않았던 것이다. 그들은 어마어마한 재산을 출자해 타사라를 폐위하고 자카룸을 멸할 목적으로 강력한 용병을 고용했다.

일이 이렇게 되자 타사라 황제는 유능한 장군이자 오랜 친구인 라키스에게 의지할 수밖에 없었다. 라키스의 출신에 대한 이야기는 각양각색이다. 그러나 여러 사료에 공통적으로 나타나는 사실은, 라키스가 근엄하고 영리하며 전투에서는 용맹하기로 유명한 독실한 자카룸 개종자였다는 점이다. 그는 군에 복무하는 동안 온갖 외적, 내적 위협에서 제국을 지켜내며 명성을 얻었다.

대부분의 기록은 찬탈자들의 군대가 라키스의 군대보다 훨씬 머릿수가 많았다고 하며, 개인적으로도 그것이 사실이라 생각한다. 이런 불리한 상황에서도 장군은 매번 적의 허를 찔렀다고 한다. 그는 실로 대단한 속도와 효율로 용병들을 고립시켜 차례차례 정복했고, 단 한 번도 패전하지 않았다고 전해진다.

이와 같은 일련의 승리로 라키스는 전설이 되었다. 아마도 서민층은 그의 승리를 자카룸교의 정통성과 위력을 상징하는 것으로 받아들였을 것이다. 어찌 됐든, 라키스가 시내를 지나갈 때면 남녀노소 할 것 없이 용사의 모습을 잠깐이나마 보려고 모여들었다고 한다. 장군은 그 영향력을 이용해 무능한 통치자들을 몰아내고 그 자리에 자기가 총애하는 자카룸 대주교들을 앉혔다.

결국 타사라는 라키스의 폭발적인 인기를 경계하기에 이르렀고, 자신의 통치권에 대한 새로운 위협을 무력화하려 했다. 그러나 황제는 폭력에 의지하지 않았다. 개인적으로 여기에는 라키스와의 우정도 작용했으리라 짐작한다. 그러나 그보다는, 타사라는 장군을 제거하면 민중에게 외면당하는 결과만 낳을 뿐이라는 사실을 알고 있었던 것이다.

그래서 그는 전혀 다른 수법을 썼다. 반짝이는 쌍둥이 바다 건너 서쪽으로, 신비에 싸인 거칠고 미개한 땅이 펼쳐져 있었다. 타사라는 세상의 어둠을 정복해 자카룸의 빛으로 밝히는 것이 제국의 임무이며, 독실한 신자인 라키스만이 그 일을 해낼 수 있다고 주장했다.

만일 장군이 실패한다면 그는 인기를 대부분 잃을 것이리라. 설령 장군이 승전한다 하더라도, 타사라가 그 열매를 거두어 자카룸 역사의 새로운 장을 연 장본인으로 기억될 수 있을 것이리라. 어느 쪽이든 황제는 자신의 앞길을 지킬 수 있었다.

라키스가 타사라의 궁극적인 목적을 알았는지는 불분명하지만, 그는 어쨌든 그 임무를 받아들였다. 황제는 장군에게 케지스탄 상비군의 삼분의 일을 내주었다. 이 군대에는 빛의 힘으로 적을 벌하는 자카룸교의 신성 전사인 성기사('말씀의 수호자'라고도 불렸다)도 여럿 포함되어 있었다. 타사라는 또한 라키스가 교회에서 가장 가까이 지내던 이들을 이 대담한 원정에 참전시키기 위해 애를 썼다.

수천 명의 군중이 환호하는 가운데 전례 없는 대군이 출항했고, 혹자의 기술에 따르면 그 함대의 규모는 케지스탄 해변에서 아득한 수평선까지를 모두 뒤덮을 정도였다고 한다.

이브로고드와
야만용사 부족의 전투

라키스가 처음 상륙한 곳은 루트 골레인이었다. 이곳은 고대 항구 도시로서, 라키스가 온다는 사실을 알고 있었다. 케지스탄과 교역을 통해 교류해온 이 도시에는 이미 자카룸교가 자리를 잡은 상태였다. 루트 골레인을 지배하는 상인 조합은 자치권을 보장받는 조건으로 라키스에게 병력과 식량을 지원하는 데 동의했다.

라키스가 처음으로 저항에 직면한 것은 이 도시의 밖, 볕에 그을린 아라녹 사막의 북부에서였다. 이브고로드 왕국이 이 지역의 상당한 부분을 지배하고 있었다. 이브고로드는 사막 북서쪽의 높은 산악 지대에 근거를 둔 왕국으로, 자카룸교와는 전혀 다른 다신교를 믿는 고대의 문화였다. 당연하게도 이브고로드는 라키스와 그의 신앙에 맹렬히 반발했다.

아라녹의 모래 언덕을 사이에 두고, 양측의 군대는 여러 차례에 걸쳐 다소 일방적인 접전을 벌였다. 탁 트인 지형에서의 싸움에 능했던 케지스탄군은 결국 적을 쓰러뜨리고 그 땅을 이브고로드에게서 빼앗았다. 이 전투는 케지스탄군의 일방적인 승리로 끝이 났고, 이브고로드는 다시는 사막을 되찾지 못한다.

그럼에도 이브고로드는 라키스가 서쪽의 타모에 산을 넘을 때 계속 눈엣가시가 된다. 케지스탄군이 적의 반격을 막기 위해 동문 성채라는 요새화된 전초기지를 세운 것도 그곳이었다.

서부원정지와 라키스의 아들들에서는 원정의 이 부분을 상술하진 않지만, 나는 다른 문헌에서 상세한 내용을 발견했다. 라키스가 산악 지대에서 맹렬한 저항에 직면했다고만 해두겠다. 심지어 이브고로드가 의도적으로 케지스탄군을 북쪽의 빽빽한 산림과 울퉁불퉁한 지형으로 유인했다고도 할 수 있다. 이브고로드의 전투 양식에 보다 적합한 환경이었기 때문이다. 또한, 이브고로드의 종교 지도자들은 침입자를 물리치기 위해 가장 위대하고 존경받는 신성 전사인 수도사들에게 도움을 청했다. 놀라우리만치 엄정하게 훈련된 이 투사들은 가는 곳마다 라키스의 군대를 기습해 엄청난 피해를 입혔다.

여기서 우리는 두 종교의 충돌을 볼 수 있다. 빛의 힘으로 훈련된 성기사가, 자신의 땅을 살피는 신들의 힘을 이끌어내 자신에게 막대한 힘을 불어넣는다고 하는 수도사와 싸운 것이다. 현대의 우리로서는 실로 목도하기 어려운 전투였을 것이리라.

계속 북쪽으로 전진한 케지스탄군은, 아리앗 산기슭에 흩어져 사는 야만용사 부족에게서 또 한 번 맹렬한 저항을 받는다. 전열을 갖추어 늘어선 케지스탄 병사들이, 선명한 색으로 몸에 그림을 그리고 사나운 함성을 지르며 겁 없이 전장으로 뛰어드는 이 낯설고 무서운 적을 마주해 어떤 느낌을 받았을지는 상상하기 힘들다.

라키스는 끝내 야만용사 부족이나 이브고로드를 정복하지 못한다. 이 두 문화는 케지스탄의 침입으로 깊은 상처를 받지만 끝내 견딘다.

인접한 지역인 엔트스티그와 칸두라스는 모두 라키스에게 자진해서 항복했다는 정도로만 기술하겠다. 그들의 군사력은 이브고로드나 야만용사 부족에 비하면 극히 미미했다. 엔트스티그와 칸두라스는 자카룸교를 받아들이고, 그 대가로 독립을 대부분 유지했다.

그러나 라키스가 가장 큰 성공을 거둔 것은 남쪽에서였다.

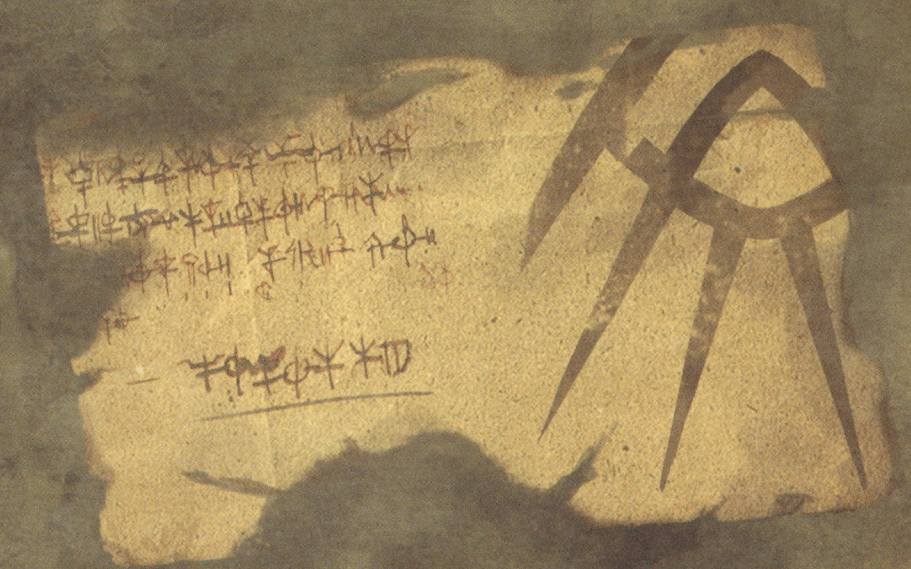

라키스가 보낸 서신의 조각에 쓰인 내용.
"……북쪽 부족은 굴하지 않는다.
보급품은 바닥났다. 룩토 골레인에
신속한 지원을 요청한다."

서부원정지의 건설

서부원정지와 라키스의 아들들에서는 라키스 장군이 동문 성채에 군대를 집결시키고, 잠시 숨을 돌리며 패전을 돌이켜 보았다고 기술한다. 이브고로드와 야만용사 부족에게 연이어 패하는 바람에 군의 사기가 매우 낮았다고 한다. 그러나 라키스는 단념하지 않았다. 역사 속의 정복자가 대개 그렇듯이, 라키스는 승리가 자신의 운명이라고 믿었다. 그들의 정당한 대의와 그들의 종교가 궁극적으로 누릴 권세에 대해 연설을 한 뒤, 그는 군사를 집결시켜 다음 전투를 치르러 떠났다.

현재 서부원정지 만이라 불리는 지역의 남쪽 변두리에서는 아홉 개의 부족이 서로 다투고 있었다. 이 적대적인 아홉 부족은 몇 세대 동안 영속적인 폭력 속에서 살아왔다. 그 불화가 그들의 가장 큰 약점이었고, 라키스는 거기에서 기회를 보았다. 그는 아홉 부족을 공격한다면 이들이 단결해 하나의 막강한 세력을 이룰 것임을 알았다. 그래서 라키스는 그들과 함께 살기를 택했다. 그는 그들의 언어와 문화를 배웠다. 그들이 섬기는 신들에 대해서 배웠다. 하지만 한편으로는 듣고자 하는 이들에게 자카룸교를 은밀히 설파했다.

라키스는 결혼을 통해 이 지역에서 세 번째 큰 부족인 오르탈 부족과 혈연을 맺었다. 그는 자신의 새로운 지위를 이용해 그보다 약한 네 부족을 자신의 기치 아래로 복종시켰다.

그다음 라키스는 세력을 규합해 가장 강대하고 적대적인 부족이었던 하슬란 부족을 상대로 전면적인 공격을 가했다. 나의 머리로는 뒤따른 전투의 참상을 상상하기가 힘들다. 기록에 따르면, 초목으로 푸르렀던 평야가 피로 인해 늪지가 되었으며, 시체 썩는 냄새가 바람에 실려 칸두라스에 이르렀다고 한다.

다이어 강 전투에서 케지스탄군은 하슬란군의 잔당을 궤멸하고 지도자를 죽였다. 이 부족은 물론, 편을 들지 않고 기다리던 나머지 세 부족도 곧 라키스에게 굴복했다. 결국, 장군의 우월성을 목도한 만의 민족은 그를 유일한 진짜 왕으로서 받들었다.

그러나 라키스는 자신의 새로운 신민에게도 인류가 지닌 내면의 빛과 영광을 설파했다. 라키스가 완고한 여러 민족을 진정으로 화합시켜 하나의 위풍당당한 왕국을 세울 수 있었던 것은, 그 지칠 줄 모르는 의지와 신념 덕분이었다.

머나먼 케지스탄으로부터 종교를 전파하기 위해 떠난 길고 힘든 원정을 기념해 라키스는 자신의 영토를 서부원정지라 명명했다. 그 경계는 만으로부터 대해에 이르렀다. 그리고 그 수도(나중에 왕국과 같은 이름이 붙게 되는)로서 강어귀에 항구를 건설하게 했다. 서부원정지는 한동안 번영했다. 전역에서 새로운 도로, 도시, 구조물이 생겨났다. 수도는 바다와의 인접성에 힘입어 빠르게 번창해 막강한 군사력과 재력을 자랑하게 된다.

라키스는 단호하고 공명정대하게 나라를 다스렸고, 국민의 존경을 받았다. 그는 건국 후에도 야만용사 부족에 대한 공격을 강행했지만, 이 공격은 용맹스러운 북쪽 부족의 저항에 부딪혀 아무런 소득 없이 끝난다. 라키스는 백 살이 넘는 나이에 잠을 자다가 평화롭게 숨을 거두었다고 전해진다. 그의 유산은 그의 죽음 후에도 면면히 맥을 이어간다. 서부원정지가 현재 세상에서 누리는 지위야말로, 그가 건국에 기울였던 노력과 지혜의 결실이었다.

서부원정지의 잃어버린 폐허

이쯤에서 라키스가 칸두라스나 엔트스티그가 아닌 서부원정지에 정착한 이유를 짚어야 할 것 같다. 사학자들은 이에 대해 여러 가설을 세운 바 있다. 자신의 영토와 야만용사 부족 사이의 거리를 유지하고 싶었다는 설 등이다. 그러나 개인적으로 가장 흥미로운 가설은, 서부원정지의 수렁 아래에 묻혀 있다는 폐허가 된 도시에 관한 가설이다.

만 민족을 정복한 후 어느 때인가, 라키스는 우연히 그 폐허를 발견했다. 폐허는 그에게 전설에서 튀어나온 것처럼 보였으리라. 케지스탄 최고의 건축가의 작품을 능가하는 신비로운 구조물로 보였으리라. 라키스는 이곳이 인류의 잃어버린 과거, 즉 인간이 내면의 빛으로 넘치던 시대의 잔재라고 생각한 듯하다. 그러나 이것은 나의 추측일 뿐이다. 라키스가 케지스탄을 떠나기 전에 이미 이 고대 도시에 대해 알고 있었음을 시사하는 문헌도 있다. 그게 어떻게 가능했는지 나는 모르겠지만 말이다.

이 유적의 정체에 관련해서 나는 칼란의 책에서 그에 관련된 내용을 발견한 바 있다. 이 도시는 필멸자의 기억을 초월하는 고대에 건축가 다이데사가 건설한 듯하다. 이 사람은 네팔렘, 즉 천사와 악마의 결합으로 태어나 막대한 힘을 지녔다고 하는 인간의 조상이었을 것으로 추정된다.

이것이 사실이라면, 그 도시는 전성기에 대단한 위용을 자랑했을 것이다. 하나의 도시 전체가 네팔렘으로 붐빈다고 상상해보자.

칼란의 책에서는 또한, 이 폐허에 몇 가지 특징이 있었다고 한다. 전설에 따르면 다이데사의 전우인 고귀한 자 리다르가 도시에 천사와 악마의 침입을 막는 일종의 마법을 걸었다고 한다. 물론 그 내용의 진위를 가릴 방법은 없지만, 네팔렘이라면 그런 일을 할 수 있을 것 같기는 하다.

라키스는 평생 이 신비로운 도시에 사로잡힌 채 헤어나지 못했다. 그는 몇 시간씩이나 생각에 잠긴 채 미궁처럼 얽힌 그곳의 복도를 배회하곤 했다. 서부원정지의 왕은 말년에 자신을 이 폐허에 묻어 달라고 부탁하기에 이르렀다.

내가 파악한 바에 따르면 그 소원은 이루어졌다. 그의 마지막 안식처인 라키스의 무덤이 이 네팔렘 지하 도시의 중심에 있다고 한다.

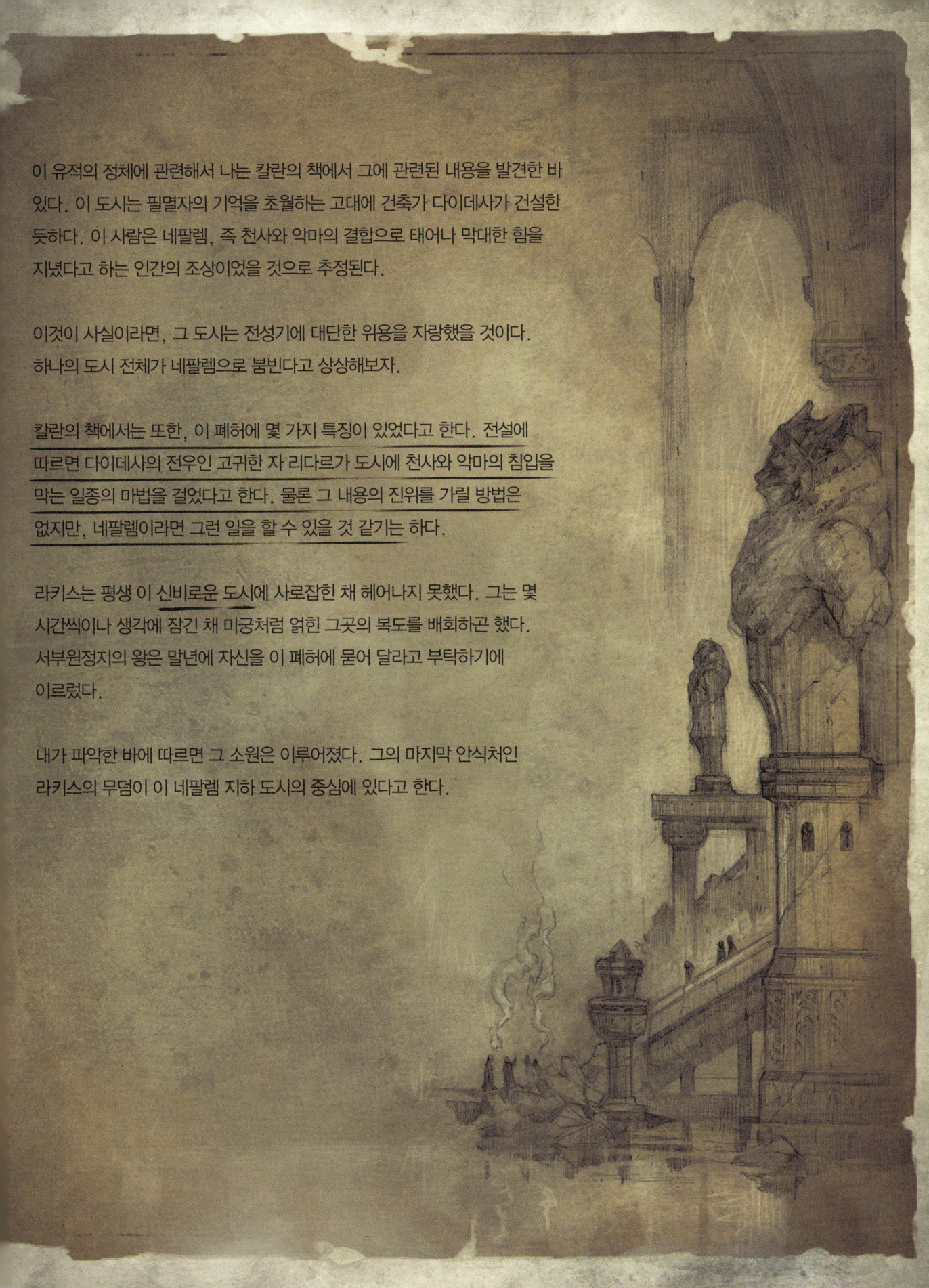

성전사

서 부원정지 역사의 부록으로, 자카룸교의 이름으로 시작된 또 하나의 원정에 대해 언급하는 것이 현명할 것 같다. 라키스가 정복을 위해 서쪽으로 떠났다면 이 세력은 전혀 다른 의도를 품고 동쪽으로 떠났다.

후술하는 정보는 (때로는 서로 모순되는) 여러 출처에서 비롯된 것이다. 그러나 이곳에 기술한 내용은 대부분 사실이라 확신한다.

라키스가 역사적인 대장정을 시작한 시기에, 자카룸 성직자 한 명이 교단의 미묘한 타락을 우려하기 시작했다. 아크칸이라는 이 남자는, 자카룸 신자들이 아카라트의 원래 교리에서 위험하리만치 많이 벗어났다는 생각을 품고 있었다.

그가 감지한 이 '타락'이란 무엇이었을까? 나는 그것이 증오의 군주 메피스토를 가둔 마법의 수정, 사파이어 영혼석과 관련되어 있었다고 추정한다. 자카룸은 호라드림의 청을 받아들여 이 흉악한 유물을 지키기로 했던 것이다. 그들은 그 약속에 충실했으나, 그럼에도 메피스토의 영향력은 교단의 영적 지도자들의 마음과 정신에 흘러들기 시작했다.

아크칸이 타락의 근원을 간파했는지는 불분명하다. 어쨌든 그는 자카룸의 임박한 몰락을 막기 위해 조치를 취했다. 다음은 세상에 알려지지 않은 자카룸 역사를 수록한 문헌, 사르주크의 두루마리에서 발췌한 내용이다.

> 아크칸은 견줄 데 없는 힘을 지닌 전사들을,
> 눈부신 내면의 빛으로 불타오르는 신자들을 널리 구하기 시작했다.
> 그는 쇠가 자철석에 끌리듯이 운명에 의해 그의 곁으로
> 이끌린 이들을 성전사로 만들었다.

아크칸은 이 성전사들에게 불가능해 보이는 임무를 맡겼다고 전해진다. 동쪽의 머나먼 땅을 샅샅이 뒤져, 그것이 어떤 형태이든 자카룸교를 정화할 방법을 찾으라는 임무였다.

> 자카룸과 메피스토의 영혼석에 얽힌 이야기는
> 케인의 기록에 상세히 언급되어 있다.

이 단체의 구성원은 성기사가 아니라는 점에 유의해야 한다. 아크칸은 성기사가 교회의 그릇된 방침의 산물이라 여겨 일부러 피했다. 그렇다. 성전사는 전혀 다른 종류의 신성 전사였다. 지략이 넘치고 굴하지 않는 성전사는 그 어느 전사와도 다른 힘을 발휘할 수 있도록 훈련되었다.

성전사들은 철저한 준비를 마친 후 동쪽으로 흩어져 각자 길을 떠났다. 그들은 채집과 사냥으로 목숨을 부지했으며 사람이 사는 마을에 필요 이상으로 오래 머물지 않았다. 그들은 우연히 마주치는 다른 성전사와 소통하기 위해 비밀스러운 기호와 수신호를 개발했다. 이들을 직접 만난 경험을 기록한 모든 글에서, 이들은 신비로운 분위기로 묘사된다.

이 점이 조금 혼란스러운 점인데, 나는 성전사들이 굳이 자기 신분을 감추려 하지 않았다는 이야기도 들은 적이 있었기 때문이다. 심지어는 용기를 내어 물어보는 사람에게는 자신의 성스러운 임무에 대해 터놓고 이야기했다는 소문도 있다.

성전사의 후계에 대해 이야기하자면, 성전사는 각각 제자를 한 명씩 받아들여 가르치는 듯했다. 제자는 현지 주민 중에 선택되었고, 아카라트의 가르침에 대한 타고난 소질을 비롯한 여러 가지 요소를 기준으로 발탁되었다.

성전사가 되는 데는 희생이 따랐다는 사실을 언급할 필요가 있겠다. 입회자는 과거의 흔적을 하나도 남기지 않고 지워야만 했다. 스승이 죽으면 제자가 그의 무기와 갑옷을 취하고 심지어는 이름까지 취해 스승의 신분을 계승한다. 그때 입회자는 마침내 성전사가 되는 것이다.

성전사의 사명에 대해서는 나는 한심할 정도로 아는 것이 없다. 일부는 지나간 시대의 자카룸 문헌과 성유물에 대한 전설을 조사한 듯하다. 또 일부는 교단의 타락을 정화할 만큼 순수한 내면의 빛을 타고난 아기에 대한 소문에 이끌려 움직인 듯하다. 그러나 실제로 그 임무를 완수한 성전사가 존재한다는 증거는 찾지 못했다.

내가 확실히 아는 것은 성전사들이 동쪽의 유력한 단서를, 설령 전부는 아니라 하더라도 대부분을 확인했다는 사실이다. 탐색이 시작되고 두 세기가 넘는 세월이 흐르자, 성전사들이 케지스탄으로 돌아오기 시작했다. 그들의 이름과 신앙, 신성한 사명은 그대로였지만 그들 자신은 각각 세상 변두리의 투박한 문화에서 태어난 다른 사람이었다.

그들이 그때 케지스탄에 돌아온 것이 비극적이었다고 해야 할까, 시의적절했다고 해야 할까. 자카룸교는 이미 악마의 타락에 굴복하고 말았던 것이다. 트라빈칼과 그 사원을 둘러싼 도시 쿠라스트는 도적질과 수난의 도가니로 변해 있었다.

그야말로 아크칸이 경고했던 상태 그대로였다. 그러나 성전사들은 자카룸교의 그러한 환란을 보고 사명감을 한층 더 강화했다.

내가 파악한 바에 따르면, 남은 성전사들은 이제 더욱 열성적으로 탐색하기 위해 미지의 서쪽 땅으로 눈을 돌리고 있다고 한다.

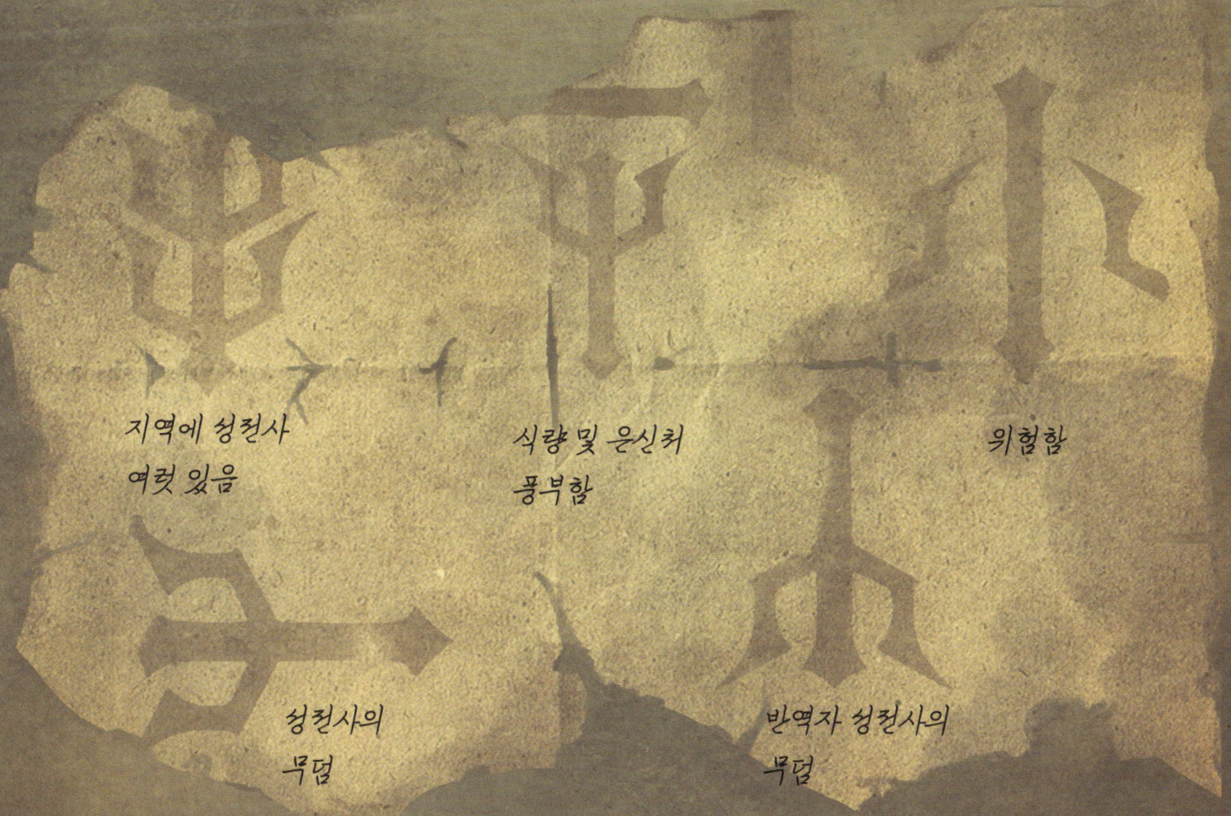

지역에 성전사 여럿 있음

식량 및 은신처 풍부함

위험함

성전사의 무덤

반역자 성전사의 무덤

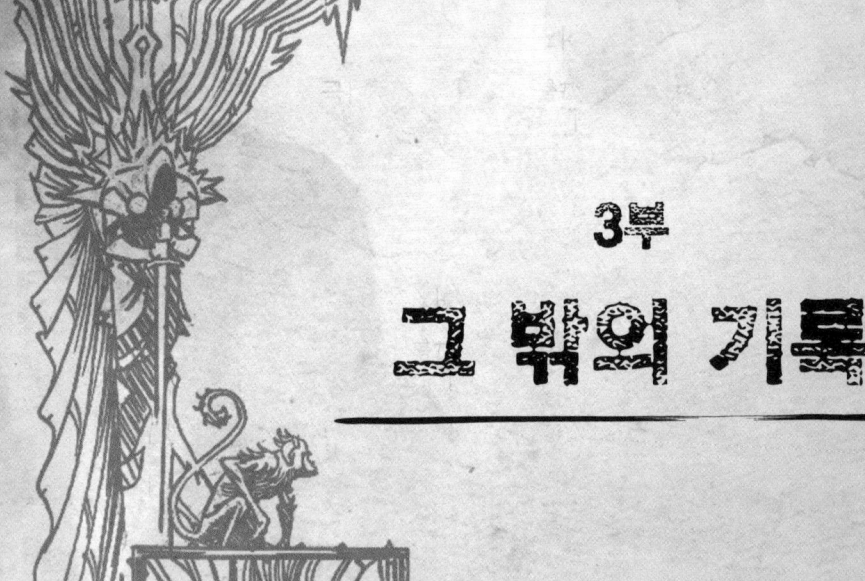

3부
그 밖의 기록

음은 데커드 케인의 기록에서 발췌한 내용이다. 이 부분은 필멸자의 역사로부터 이 세상의 여러 강력한 존재에 이르기까지, 방대한 정보를 수록하고 있다. 호라드림이여, 지금은 눈에 띄지 않는 내용이라도 훗날 쓸모가 있을지 모르니 하나하나 눈여겨보도록 하여라. 지식은 호라드림이 지닌 가장 강력한 무기니 신중하게 이용해라.

성역
연대표

자카룸의 교권이 절정에 달했을 때, 교회는 일군의 학자를 소집해 그들의 관점에서 역사를 기술하도록 했다. 나는 그 저작을 뼈대로 삼고, 오류를 수정하고 (아래의 선사에서처럼) 날짜를 첨삭해 나만의 연대표를 작성했다. 독자여, 이것은 역사를 매우 간략히 기술한 것으로서, 우리가 어디서 왔으며 복잡하게 얽힌 운명과 숙명의 길이 우리를 앞으로 어디로 이끌지 이해하기 위한 도구에 지나지 않는다는 점을 명심해라.

선사시대

다음은 진위를 가리기 힘든 현자와 광인의 글에 기초한 것이다. 오랜 고찰과 검토 끝에, 나는 이것이 필멸자의 기억을 초월하는 시대에 대한 정확한 기술이라는 결론에 도달했다.

아누와 용

시간이 존재하기 전, 우리가 아는 우주가 존재하기도 전에는, '유일무이한 영혼'이라 불리는 아누만이 존재했다. 아누는 하나의 수정으로 빚어진 존재로서, 선과 악을 비롯한 만물을 포괄했다. 아누는 조화를 갈망해 자신으로부터 모든 부조화와 암흑을 추방했다. 이 불순물은 한데 엉겨서 순수한 악의 결정체가 되었다. 일곱 머리의 용, 타타메트가 태어난 것이다.

세계의 태내에서, 아누와 타타메트는 천지를 뒤흔드는 싸움을 벌였다. 그들의 마지막 일격은 무시무시한 폭발을 일으켰으며, 그 어마어마한 파괴력에 두 존재가 파괴되고 이 세상이 생겨났다. 필멸자의 머리로는 결코 진정으로 이해할 수 없을 사건이리라.

이 폭발은 '혼돈계'라는 영원한 흉터를 남겼다. 이 비현실적인 세계의 가운데에 '아누의 눈'이라 일컬어지는 한 덩어리의 수정, 세계석이 자리했다.

드높은 천상과 불타는 지옥

아누의 조각난 척추는 신생의 우주에 흩날렸다. 유일무이한 존재의 잔해는 수정 회랑이 되었고, 그 주위에 드높은 천상이 솟아났다. 회랑은 생명으로 공명하며 지각력이 있는 에너지의 파동을 자아냈으니, 그것이 곧 천사다. 아누의 가장 순수한 측면을 나타내는 화신, 즉 대천사들은 앙기리스 의회를 이루어 광활하고 찬란한 천상을 다스렸다. 이 의회의 구성원은 다음과 같다.

  용기의 화신 임페리우스
  정의의 화신 티리엘
  희망의 화신 아우리엘
  지혜의 화신 말티엘
  운명의 화신 이테리엘

타타메트의 메마른 시체는 세상의 가장 어두운 골짜기로 떨어졌다. 불타는 지옥이 그 이글거리는 시체로부터 나타났다. 용의 부패하는 살점으로부터 온갖 형태의 악마가 태어났다. 타타메트의 일곱 머리는 일곱 악마가 되었다.

대악마	고위 악마
증오의 군주 메피스토	죄악의 군주 아즈모단
파괴의 군주 바알	거짓의 군주 벨리알
공포의 군주 디아블로	고통의 군주 두리엘
	고뇌의 여제 안다리엘

영원한 분쟁의 시작

드높은 천상과 불타는 지옥의 전쟁은 기원의 순간부터 영원한 분쟁을 벌였다. 이것은 만물에 대한 지배권을 쟁탈하기 위한 파괴적인 전쟁이었다. 전쟁의 흐름은 시간의 흐름에 따라 바뀌었으나, 전쟁 그 자체는 결코 끝나지 않았다.

여기서 짚어야 할 점은 드높은 천상과 불타는 지옥이 각각 세계석을 차지하려 했다는 점이다. 천사와 악마가 자신의 모습을 본떠 세상을 빚으려면 이 유물이 있어야만 했기 때문이다. 그렇기에, 영원한 분쟁은 거의 혼돈계의 일그러진 심장부에서 일어났다. 영겁에 걸친 전투가 계속되는 동안, 세계석은 수도 없이 손을 바꾸었다고 전해진다.

성역의 창조

영겁의 세월이 지나고, 이나리우스라는 천사가 영원한 분쟁에 환멸을 느끼게 되었다. 그는 이 전쟁이 부당하다고 생각했다. 그는 뜻을 같이하는 천사들과 심지어는 악마들까지 규합했다. 이나리우스는 그다음 세계석의 주파수를 바꾸어 이 수정을 외딴 차원으로 이동시킴으로써 천상과 지옥의 눈으로부터 숨겼다. 그곳에서 변절한 천사들과 악마들은, 그들이 평화롭게 영원을 보낼 수 있는 낙원인 '성역'을 창조했다.

네팔렘의 탄생

천사들과 악마들은 전례가 없이 서로 어울리며 네팔렘이라는 자손을 낳았다. 빛과 어둠에서 태어난 이 존재는 부모보다 더욱 강력한 존재가 될 잠재력을 지니고 있었다. 실제로 네팔렘의 힘은 너무나 막강했기에, 이나리우스와 그 동료들은 네팔렘이 영원한 분쟁의 균형을 뒤흔들고 우주에 혼란을 가져오지 않을까 우려하기에 이르렀다.

그래서 천사들과 악마들은 사랑하는 자식들의 운명에 대해 토론을 벌이기 시작했다. 그중 일부는 (한때는 이나리우스까지) 네팔렘을 절멸시켜야 한다고 주장했다.

추방

이나리우스의 배우자, 악마 릴리트는 자식을 잃을지도 모른다는 생각에 경악했다. 그리고 맹목적인 분노에 사로잡힌 채 나머지 변절자를 찾아 하나씩 죽이기 시작했다. 그녀의 무시무시한 분노를 피한 것은 이나리우스와 네팔렘뿐이었다.

릴리트의 소행에 큰 충격을 받은 이나리우스는 그녀를 성역에서 추방했다. 그러나 죄 없는 네팔렘은 차마 해할 수가 없었다. 그는 세계석을 조율해 네팔렘의 힘이 점차적으로 쇠하도록 했다. 전설에 따르면, 이나리우스는 성역의 황무지로 사라져 천 년 동안 모습을 드러내지 않았다고 한다.

이런 사건이 일어난 후로 얼마인지 모를 세월이 흘렀다. 아마도 몇 세대의 네팔렘이 태어났고 죽었으리라. 그 힘이 쇠하고 수명이 짧아진 네팔렘은, 자신의 놀라운 혈통을 완전히 망각하고 필멸자가 되었다.

역사시대

케지스탄력 기원전 2300년경 - 문명의 발원

복원된 석판과 도자기 파편 등의 유물을 통해 이 시기에 이르러서 글과 예술, 과학이 인간의 문화에서 필수적인 부분이 되었음을 알 수 있다. 나를 포함해 대부분의 학자들이 이 시기에 최초의 위대한 인간 문명이 발원했다는 데 동의한다. 이 제국은 케잔(현대의 케지스탄)이라 불렸다.

케지스탄력 기원전 2200년경 - 마법단의 설립

기록에 따르면 케잔의 여러 문화에서 비전을 학문으로써 연구했다고 한다. 이는 수많은 마법단의 설립과 성장으로 이어졌다.

    마법단이 몇 개나 존재했는지는 밝혀지지 않았지만, 비제레이가 그 후 몇 세기의 역사에 가장 큰 흔적을 남기게 된다는 점은 짚고 넘어갈 필요가 있다. 이 마법단의 사상은 영혼의 현신과 소환, 영혼과의 교류에 중점을 두었다.

케지스탄력 기원전 2100년경 - 마법단의 흥성

점점 막강한 권력을 행사하게 된 마법단은 케잔의 정부 기구를 구성하기에 이르렀다. 주요 마법단의 일원으로 구성된 마법학자 의회인 '알라키시'는 제국의 귀족, 직업 조합과 나란히 지배력을 행사했다.

케지스탄력 기원전 1992년 - 성역의 발견

가족을 잃고 좌절과 분노에 휩싸인 무명의 비제레이 원소술사 제레 하라쉬가 최초로 악마를 성역에 불렀다. 마법단의 동료들은 빠르게 이 기술을 다듬었고, 악마학 지식과 지옥의 종자들을 권력의 기반으로 이용했다.

그러나 더 중요한 사실은 하라쉬의 행위로 인해 불타는 지옥이 성역의 존재를 알게 되었다는 점이다. 바로 이 끔찍한 순간에, 대악마들이 인류를 발견하고 천상에 대항하는 무기로 이용해야겠다고 마음먹은 것이다. 그 후로 불타는 지옥의 군주들은 인간을 타락시킬 목적으로 사악한 흉계를 꾸미기 시작했다.

독자여, 이 시기를 잘 기억하라. 그 후로 일어난 일은 거의 모두가 하라쉬의 무모한 소환으로 빚어진 일이었기 때문이다.

케지스탄력 기원전 1880년 – 삼위일체단

대악마의 영향력은 표면적으로는 고귀해 보이는 조직을 통해 케잔 땅에 침투했으니, 바로 삼위일체단이었다. 이 교단은 자비로운 세 명의 신을 섬기는 조직이었으나, 그 신은 사실 교묘하게 위장한 세 대악마였다. 삼위일체단은 세 명의 신을 헌신적으로 숭배하고 추앙하면 더 나은 삶을 살 수 있다고 주장했다. 이 교단의 신자는 점점 늘어났다.

케지스탄력 기원전 1820년 – 가려진 예언자와 빛의 대성당

이나리우스는 예언자라는 인물의 신분을 가장해 급성장하는 삼위일체단의 세력에 맞서려 했다. 그러기 위해 그는 '빛의 대성당'이라는 또 다른 종교를 창시했다. 이 종교는 관용, 협력, 그리고 화합의 교리를 바탕으로 세워졌다.

시간이 흐르며, 빛의 대성당과 삼위일체단은 케잔의 주민에게 어마어마한 영향력을 발휘하게 되었다.

케지스탄력 기원전 1809년 – 죄악의 전쟁

마침내 삼위일체단과 빛의 대성당의 신자들 사이에서 사상을 둘러싼 전투가 벌어져, 케잔을 분열시켰다. 그렇게 죄악의 전쟁이 시작되었다.

이것은 단순한 종교 분쟁이 아니었다는 데 유의해야 한다. 이 싸움은 대악마와 이나리우스가 인류의 영혼을 놓고 벌인 전쟁이라 할 수 있다.

대악마도 이나리우스도 모르는 사이에, 악마 릴리트가 삼위일체단과 빛의 대성당으로부터 자식들을 보호하기 위해 성역으로 돌아와 있었다. 그녀는 울디시안 울디오메드라는 남자에게서 네팔렘의 힘을 일깨우고, 울디시안은 다른 인간들의 힘을 일깨운다. 에디렘이라 불리는 이 세력은 삼위일체단과 빛의 대성당을 케잔을 괴롭히는 환란의 근원으로 보고, 두 교단을 상대로 전쟁을 일으켰다.

결국 불타는 지옥과 드높은 천상의 군대가 필멸자의 세상에 나타나며 전쟁은 파국으로 치달았다. 울디시안은 자신의 힘을 남김없이 뿜어내, 성역에 침입한 천사군과 악마군을 몰아냈다. 그러나 그러는 과정에서, 길들지 않은 네팔렘의 힘이 세상을 파괴할 수도 있다는 사실을 깨달았다. 그래서 그는 자기 목숨을 희생해 세계석을 재조율하고, 인간에게서 싹트던 네팔렘의 힘을 없앴다.

여기서 천상이 인류의 최후를 놓고 숙고했다는 사실에 주목해야 한다. 대천사 티리엘이 던진 마지막 표가 우리를 멸망으로부터 구했다. 그 후 천사들은 지옥의 군주들과 휴전 협정을 맺었다. 또한, 앞으로는 어느 쪽도 인간의 삶에 간섭하지 않기로 합의했다.

에디렘의 기억은 삭제되었고, 나머지 인류로부터 네팔렘, 천사, 악마에 얽힌 진실을 숨기기 위해 거짓말이 꾸며졌다. 그러나 소수의 인간은 '죄악의 전쟁'이라는 어두운 시대를 잊지 않았다. 우리가 이 파국적인 전쟁의 진상을 아는 것은, 그들로부터 대대로 전해진 이야기 덕분이다.

릴리트는 어떻게 되었을까? 전쟁 중에 이나리우스는 그녀를 다시 성역에서 추방했다. 나는 그녀가 돌아왔다는 증거는 본 적이 없다. 천사들은 천상과 지옥이 맺은 협정의 일환으로, 이나리우스를 대악마들에게 넘겼다. 그는 그 후로 영원한 고문을 견디고 있다고 전해진다.

케지스탄력 기원전 1799년 – 마법의 황금시대

죄악의 전쟁이 종교의 갈등이었다고 여긴 케잔의 민중은 종교에 등을 돌렸다. 심지어는 이 끔찍한 전쟁과 거리를 두는 방편으로 케잔이라는 이름을 케지스탄으로 바꾸기까지 했다.

민중은 점점 마법단에 의지하게 되었다. 이들은 수학적 이치와 실질적인 연구를 무엇보다 중시했기 때문이다. 마법과 계몽의 황금시대, 이 세상에 일찍이 없었던 경이의 시대가 펼쳐졌.

마법단의 일원 중에는 죄악의 전쟁에 얽힌 진실을 아는 자가 있었고, 악마 소환은 각종 규칙과 규제로 엄격히 금지되었다.

케지스탄력 기원전 264년 – 마법단 전쟁의 서곡

이 황금시대가 막을 내린 것은 나머지 마법단이 오싹한 발견을 하면서였다. 비제레이 원소술사들이 법으로 금지된 악마 소환을 자행하고 있었던 것이다. 그에 따라, 비제레이의 권력을 빼앗기 위한 암살 모의와 정치적 모략이 줄을 이었다. 이런 획책은 마법단들의 중심부를 서서히 좀먹었다.

케지스탄력 기원전 210년 – 마법단 전쟁

마법단 사이의 적대가 심화됨에 따라, 케지스탄의 대도시 도처에서 유혈 사태가 벌어졌다. 이러한 폭력 사태는 결국, 비제레이와 그에 맞서는 경쟁 마법단들의 전면적인 전쟁으로 확대되었다. 이 시대를 대표하는 걸출한 마법학자들이 서로 온 힘을 다해 싸우면서, 장엄한 전투가 제국을 휩쓸었다고 전해진다.

케지스탄력 기원전 203년 – 바르툭과 호라존

나머지 마법단에 의해 절멸의 위기에 몰린 비제레이는 필사적인 심정으로 마지막 무기, 즉 악마를 불러냈다. 비제레이 마법학자들은 지옥의 종자를 부려 적을 말살하고, 그들을 제국의 고대 수도 비즈준의 성벽 안으로 몰아넣었다.

바로 그때 재앙이 닥쳤다. 비제레이의 의회가 가장 막강한 마법학자 중 하나인 바르툭을 악행을 저질렀다는 이유로 해임한 것이다. '피의 군주'라는 이름으로도 알려진 이 악랄한 인물은 자신의 마법단을 배신하고 내전에 불을 붙였다.

비즈준의 성문에서, 비제레이 마법단의 두 세력 사이에 끔찍한 전투가 벌어졌다. 그리고 바르툭의 형인 호라존이 나타나 자신의 무자비한 동생을 쓰러뜨렸다. 호라존은 피의 군주를 무찌르는 데 성공했지만, 그 대가는 상상할 수 없을 만큼 컸다. 이 전투로 수도는 연기를 뿜는 폐허가 되었고, 수천 명이 목숨을 잃었다.

이렇게 어둡고 끔찍했던 갈등이 막을 내렸다. 이렇게 마법단의 치세가 막을 내렸다. 전쟁으로 파멸한 그들은 다시는 이때의 권세와 영광을 누리지 못한다.

케지스탄력 원년 – 아카라트와 자카룸교

마법단 전쟁에서 초래된 죽음과 고통으로 인해 인류는 비전의 학문을 멀리하게 되었다. 시간이 지나며 인간은 다시금 신앙과 종교에서 의미와 목적을 구하기 시작했다. 이 시대에는 여러 종교적 인물이 두각을 드러냈지만, 특별히 언급할 만한 사람이 하나 있으니 바로 아카라트이다.

시안사이의 산악 지대에서, 이 방랑하는 수행자는 천사 야에리우스의 환영을 보았다고 한다. 이 만남으로부터, 아카라트는 모든 인간이 지닌 내면의 빛에 대한 개념을 정립했다. 그의 주장에 따르면, 남녀노소는 존재의 근원인 우주적 광휘로 결합되어 있다는 것이다.

그의 사상이 훗날 자카룸교라 불리게 되는 종교의 근본 교리를 형성했다. 아카라트는 소수의 추종자를 거느리고 가르침을 설파했으나, 그로부터 수천 년 동안 그의 철학은 어둠에 묻히게 된다.

케지스탄력 964년 – 어둠의 유배

대악마들이 인간을 타락시키는 데 정신이 팔려 영원한 분쟁에 소홀하다고 믿은 고위 악마들은, 우두머리들을 상대로 파국적인 전쟁을 일으켰다. 아즈모단과 벨리알이 주도한 이 반란은 불타는 지옥을 송두리째 뒤흔들었다. 찬탈자들은 일련의 격전을 치른 끝에, 대악마들을 성역으로 추방했다.

나는 때때로 필멸자의 세상으로 추방된 디아블로와 그 형제들이 어떻게 반응했을지 의문에 잠기곤 한다. 아마 한동안은 자기 신세를 저주했을 수도 있다. 하지만 내 생각에는, 대악마들은 금세 이 추방을 인류의 마음을 타락시킬 뜻밖의 기회로 보게 되었을 듯하다. 그리하여 그들은 형제와 국가를 서로 반목시키며 케지스탄 전역에서 불화를 조장하기 시작했다.

케지스탄력 1004~1010년 – 세 악마 사냥

필멸자 세상을 몇 세기 동안 은밀히 지켜본 대천사 티리엘은 세 대악마의 계략을 간파했다. 독자여, 그가 직접 악마와 맞서지 않았다 해도 이해하라. 그리하면 성역에서 벌어지는 일이 천상에 알려질까 두려웠기 때문이다. 그런 일이 일어나면, 천사들이 인류를 영원히 없애버리기로 결의할지도 모르는 일이었다. 그래서 티리엘은 필멸자의 세상에서 자신의 수족이 되어줄 호라드림을 결성했다. 이들은 여러 마법단의 학자로 구성된 비밀 결사단이었다.

티리엘은 호라드림에게 세 개의 영혼석을 주었다(아마도 세계석에서 떼어 낸 것이리라). 그는 이 위대한 마법학자들에게 위험천만한 임무를 맡겼으니, 세 대악마를 잡아서 영혼석의 구석에 가두라는 것이었다.

우선, 마법학자들은 케지스탄의 대도시 한복판에서 메피스토를 사로잡았다. 그리고 이 악마의 사파이어 영혼석을 신흥 교단이었던 자카룸에 맡겨 지키게 했다.

다음으로, 호라드림은 바알과 디아블로를 쫓아 쌍둥이 바다를 건너 서쪽 땅으로 갔다. 그리고 아라녹 사막에서 파괴의 군주를 마주했다. 마법학자들은 이 악마를 제압했지만, 바알의 호박 영혼석은 깨진 상태였다.

호라드림의 지도자 탈 라샤가 자신을 희생해 길길이 날뛰는 파괴의 군주의 정수를 자신의 몸에 가두었다. 그리하여 호라드림은 무거운 마음으로 고귀한 지도자를 지하 무덤에 봉인했다.

이 비극이 일어난 후, 제레드 케인이 상처 입은 마법학자들의 지도자가 되었다. 호라드림은 힘을 합쳐 마지막 대악마, 디아블로를 가두었다.

케지스탄력 1017년 – 트라빈칼의 건설

자카룸은 트라빈칼을 건설하기 시작했다. 쿠라스트에 요새화된 사원을 건설해 메피스토의 흉악한 영혼석을 보관하려고 한 것이다. 이 같은 작업으로 교단은 갑작스럽게 명성을 떨치게 되었고, 그 결과 자카룸의 가르침에도 지대한 관심이 쏠리게 되었다. 실제로 단지 몇 달 만에, 케지스탄의 짓밟힌 서민층이 힘을 보태겠다며 트라빈칼로 몰려들었다. 그 결과 사원을 건축하는 데 한 해 남짓밖에 걸리지 않았다고 한다.

지금 돌아보니 이 종교의 세력이 어찌 그리 빠르게 불어났는지 쉽게 알 수 있다. 타락과 편협이 사회의 근간을 좀먹는 시기에, 서민층은 자율과 평등을 설파하는 자카룸의 교리에서 힘과 희망을 얻은 것이었다.

케지스탄력 1019년 – 디아블로의 몰락

호라드림은 제레드 케인의 지도 하에 디아블로를 쫓아 칸두라스로 갔고, 목숨을 건 사투 끝에 디아블로를 쓰러뜨렸다. 그들은 공포의 군주를 가둔 진홍 영혼석을 탈산데 강 근처의 구불구불한 동굴 속에 묻었다. (제레드를 비롯해) 칸두라스에 남은 호라드림은 영혼석을 묻은 장소 위에 작은 수도원과 지하 통로를 건설했다.

케지스탄력 1025년 – 트리스트럼 건설

칸두라스의 호라드림은 수도원 근처에 정착해 트리스트럼이라는 예스러운 마을을 건설했다. 그 후 몇 년 동안, 주변 지역에서 농부와 정착민이 이 마을로 모여들었다.

케지스탄력 1042년 – 자카룸교의 흥성

대악마를 사로잡은 후에도, 케지스탄 사회는 기근과 역병에 시달리며 환란을 겪고 있었다. 서민층은 고통의 원인을 지배층에서 찾기 시작했다. 금세라도 반란이 일어나 제국을 무너뜨릴 것만 같았다.

이 중대한 시기에 케지스탄 황제 타사라가 즉위해 민중의 종교인 (그리고 세력을 점점 키우고 있었던) 자카룸교로 개종했다. 그럼으로써 그는 민중의 마음을 얻고 황제의 권한을 공고히 했다.

자카룸교는 케지스탄의 주 종교가 되었다. 황제는 또한 고대 비즈준에서 쿠라스트로 천도를 했다. 타사라는 자카룸 교리를 성문화하고 최초의 쿠에헤간을 선출했다. 쿠에헤간이란 자카룸 교회 최고의 권력자이다. 이때의 기록에서부터 우리는 조직적이고 구조적인 종교로서의 자카룸을 볼 수 있다.

그러나 그 후 세 해 동안, 타사라의 인기는 유년 시절의 친구에게 가리게 되었다. 그는 바로 저명한 장군이며 열성적인 자카룸 개종자였던 라키스였다. 교회를 전복시키려 한 귀족 반란군을 패퇴시킨 후, 장군은 민중에게 전설적인 존재가 되었다. 라키스는 그 힘을 이용해 정부 관리들을 자카룸 대주교로 교체했고, 그럼으로써 케지스탄의 권력의 균형을 흔들었다고 전해진다.

케지스탄력 1045년 – 라키스와 서부 원정

라키스의 높아만 가는 인기를 경계하게 된 타사라 황제는 자카룸 교리를 서부의 미개지에 전파하라는 거창한 임무를 맡겼다. 장군과 충성스러운 군대가 길을 떠나자, 황제는 케지스탄에 대한 지배를 공고히 했다.

케지스탄력 1045년 – 성전사와 동부 원정

라키스가 케지스탄을 떠날 무렵, 아크칸이라는 성직자가 성전사단이라는 단체를 조직했다. 그는 그들에게 (그 형태를 불문하고) 자카룸교를 정화할 방법을 찾는 임무를 맡겨 동부로 보냈다. 이 원정의 추진력은 교회가 아카라트의 원래 가르침에서 벗어났다는 아크칸의 믿음에서 비롯되었다.

케지스탄력 1060년 – 서부원정지의 건설

서부에 흩어져 살던 부족 및 문명과 오랜 전쟁을 벌인 끝에, 라키스는 서부원정지를 건설하고 스스로 왕이 되었다. 이것은 장군의 길고 고생스러운 원정을 기리기 위해 붙인 이름이었다.

케지스탄력 1080~1100년 – 호라드림의 소멸

이 시기에 호라드림 수도원이 버려지고 폐허가 되었다는 데 모든 기록이 의견을 같이한다. 그러나 트리스트럼은 비록 작은 마을임에도 계속 번창했다. 주민들은 진홍 영혼석이 아래에 묻혀 있다는 사실을 전혀 모르고, 수십 년 동안 그곳에서 나고 죽었다.

    1100년에는 온 세상에서 호라드림의 활동이 중단되기에 이르렀다. 이 결사단은 더 수행할 임무가 없게 되자 자연스럽게 해체되어 전설 속으로 사라진 듯하다.

케지스탄력 1150년 – 자카룸의 개혁

대담한 신임 쿠에헤간 제불론 1세는 자카룸 교회를 대대적으로 개혁하기 시작했다. 소문에 따르면 아카라트 본인의 환영을 보고 그리하게 되었다고 한다. 제불론은 신자들에게 금욕적이고 소박했던 자카룸의 근원으로 돌아가기를 촉구했다. 이 움직임은 신자들에게 긍정적인 반응을 얻었으며, 개별적인 예배와 세속주의, 신비주의에 박차를 가했다.

    그러나 자카룸 대의회의 정통파 대주교들은 이것을 교회의 권세를 잠식하는 행위로 보았다. 그럼에도, 제불론이 서민층의 존경을 한 몸에 받고 있었기에 흐름을 막을 수는 없었다.

케지스탄력 1202년 – 데커드 케인 출생

케지스탄력 1225년 – 자카룸의 심문

카라마트가 쿠에헤간의 자리에 오르면서, 자카룸 대의회는 마침내 제불론 1세의 개혁을 뒤엎는다는 오랜 목적을 달성했다. 대주교들은 교회의 새 수장을 조종해 이단에게 가혹한 벌을 내리는 엄격한 제도를 마련했다. 선교 활동도 점점 폭력성을 띠게 되었다.

　　독자여, 그렇게 극악무도한 자카룸의 심문이 시작되었다. 교회는 종교의 각 부문에서 숙청을 자행하고 스카침을 비롯한 여타 종교를 잔인하게 탄압했다.

케지스탄력 1247년 – 성기사단

일군의 자카룸 성기사가 심문의 잔혹한 방식을 거부하고 교회를 이탈했다. 그들은 성기사단을 설립해 죄 없는 자를 보호하고 종교의 눈부신 정신을 물들인 타락과 싸우기로 맹세했다. 이 반란군은 고귀한 전쟁을 시작하기 위해 서쪽으로 전진했다.

케지스탄력 1258년 – 레오릭 왕의 즉위

케지스탄의 군주 레오릭은 자카룸 대의회의 명령으로 칸두라스 지역을 통치하기 위해 길을 떠났다. 이러한 결정은 라자루스라는 대주교의 촉구에 힘입은 바가 컸다.

　　성실한 레오릭은 칸두라스로 가서 스스로 왕이 되었다. 그는 트리스트럼을 칸두라스의 수도로 삼고, 허물어진 호라드림 수도원을 영광스러운 자카룸 대성당으로 재건했다.

　　라자루스가 레오릭과 이 여정에 동행했다는 사실을 빠뜨려서는 안 된다. 트리스트럼에 도착한 대주교는 은밀히 디아블로를 해방했다. 대주교는 처음부터 그럴 작정이었던 것이다. 개인적으로는 그가 메피스토의 영향으로 트리스트럼으로 왔으며, 트리스트럼에 온 후로는 디아블로를 섬기게 된 것이 아닌가 생각한다.

해방된 디아블로는 레오릭에게 깃들려 했으나 실패했다. 아마 그런 상태가 몇 년 동안 지속되었을 것이다. 트리스트럼은 새로운 왕의 치하에 한동안 평화와 고요를 누렸기 때문이다. 그러나 공포의 군주는 마침내 왕의 정신을 잠식하기 시작했고, 결국 이 고귀한 군주를 광기의 나락에 빠뜨리고 말았다.

케지스탄력 1263년 – 트리스트럼 암흑기

광기에 물든 레오릭은 사방에서, 심지어는 친구와 동료 가운데에서도 적을 보기 시작했다. 그는 죄 없는 주민을 처형하고 고문했다. 왕은 또한, 이웃 나라 서부원정지가 그를 무너뜨리려는 모략을 꾸민다는 착각에 빠져 전쟁을 선포했다. 레오릭의 장남 아이단이 소수의 충직한 부하를 거느리고 아버지가 벌인 그릇된 전쟁에 참전하기 위해 서부원정지로 떠났다.

라자루스는 비밀리에 레오릭의 막내아들 알브레히트를 납치해 디아블로에게 데려갔다. 공포의 군주는 소년에게 깃들어, 왕자의 몸뚱이를 기괴한 악마의 형상으로 변형시켰다. 알브레히트의 실종으로 레오릭의 편집증은 더욱 심해졌고, 광기에 사로잡힌 채 아들의 행방에 책임이 있다고 생각한 모든 사람을 맹렬히 비난했다.

서부원정지의 막강한 군대는 레오릭의 군대를 압도했다. 그러나 패잔병을 이끌고 돌아온 라크다난 대장의 눈에 들어온 것은 초토화된 고향의 모습이었다. 이 용감하고 애처로운 남자는 마침내 레오릭을 죽이고 왕의 치세를 종식시켰다. 그 후 라크다난과 전우들은 레오릭의 시신을 트리스트럼 아래의 복잡한 지하 통로 깊은 곳에 묻었다.

그러나 트리스트럼 주민들은 계속 악마들에게 시달렸다. 모든 희망이 사라진 것 같았을 때 아이단이 서부원정지에서 돌아왔다. 젊은 전사는 동료들과 함께 실종된 동생을 찾기 위해 대성당 지하로 들어갔다. 이 끔찍한 여정에서, 아이단은 해골 왕의 모습으로 되살아난 자신의 아버지를 쓰러뜨려야 했다. 왕자는 또한 라자루스와 더러운 악마 무리를 물리쳤다. 아이단은 마침내 디아블로를 처치하지만, 그럼으로써 자기 손으로 알브레히트를 죽였다는 사실을 알게 되었다.

바알이 아라앗 산 정상을 지나갈 수
있게 해줄 야만용사 부족의 원로
니훌리탁. 네가 그 흑 쉐계석을 파괴할
수밖에 없었던 것은, 그의 그릇된 행동에
기인한 바가 크다.

데커드 케인은 악명 높은 야만용사가
바알과 맺은 어리석은 계약에 대한 기록을
남겼다. 나는 이 책의 말미에 그 글을
수록했다.

그 후 몇 주 동안, 아이단은 점점 말수가 적어졌다. 그를 위안해준 것은 트리스트럼에서 오직 한 명, 마녀 아드리아뿐이었다. 나는 나중에 아이단의 고통의 근원을 알게 되었다. 디아블로의 정수를 가두기 위한 무모하고도 용감했던 선택의 결과로, 그는 진홍 영혼석을 자신의 몸에 찔러 넣은 것이었다.

슬픈 진실은 아이단이 결국 공포의 군주의 힘에 굴복하고 말리라는 사실이었다. 그는 '어둠의 방랑자'가 되어, 바알과 메피스토를 해방할 목적으로 트리스트럼을 떠나 동쪽으로 향했다. 아드리아 역시 마을을 떠나 칼데움으로 갔고, 그곳에서 레아라는 딸을 출산했다.

트리스트럼의 운명을 이야기하자면, 악마들이 떼를 지어 마을로 돌아와서 주민을 학살하기 시작했다. 이 사람들에게 휴식이나 구원은 주어지지 않았다. 오직 죽음과 고통뿐이었다. 나는 이 비극의 와중에도 목숨을 건졌지만, 불타는 지옥의 사악한 종자들에게 사로잡혔다.

케지스탄력 1264년 –
어둠의 방랑자

대천사 티리엘이 어둠의 방랑자의 계획에 대해 알게 되었다. 정의의 대천사는 탈 라샤의 무덤에서 그와 대적했으나, 방랑자와 풀려난 바알의 힘에 압도당했다. 두 대악마는 티리엘을 고대 무덤에 가두었다.

이때쯤 한 무리의 영웅이 트리스트럼에서 나를 구출했다. 나는 최선을 다해 그들을 도왔다. 우리는 함께 동문 성채의 도적 수도원을 악마의 영향으로부터 해방시켰고, 그런 다음 방랑자의 발자취를 따라 탈 라샤의 무덤으로 갔다. 그곳에서 우리는 티리엘을 속박에서 풀어주고 즉시 우리의 여정을 계속했다.

이때에 내 동료들은 안다리엘, 두리엘과 대적해 둘을 쓰러뜨렸다. 두 고위 악마가 디아블로의 편에 섰기 때문이다.

어둠의 방랑자는 우리를 교묘히 따돌렸다. 그는 결국 트라빈칼에서 메피스토를 해방시켰다. 그때 아이단의 마지막 흔적이 사라졌고, 디아블로는 자신에게 어울리는 악마의 형상을 취했다. 그는 추종자를 규합하기 위해 지옥으로 내려갔고, 바알은 세계석이 안치된 아리앗 산으로 출발했다. 메피스토는 미쳐버린 자카룸교 신자들에게 계속 영향력을 행사하기 위해 트라빈칼에 남았다.

뒤따른 사건의 중대성은 아무리 강조해도 지나치지 않는다.

나의 동료들은 역경을 극복하고 메피스토와 디아블로를 모두 쓰러뜨린 다음(디아블로를 쓰러뜨린 것은 다름 아닌 불타는 지옥의 심연에서였다), 그들을 각각의 영혼석 안에 가두었다. 영웅들은 영혼석을 펄펄 끓는 지옥의 대장간으로 가져가 파괴하였고, 그럼으로써 메피스토와 디아블로의 정수를 '심연'이라 불리는 초현실적인 차원에 가두었다.

승리를 거둔 동료들은 바알에게 눈을 돌렸다. 파괴의 군주는 신성한 아리앗 산 정상으로 나아가는 중이었다. 성역이 창조된 순간부터, 이 산은 세계석을 감싸서 보호하는 껍질의 역할을 했다. 바알은 바로 그것, 창조의 심장을 찾아서 타락시킬 작정이었던 것이다.

케지스탄력 1265년 –
파괴의 군주

나의 동료들은 아리앗 꼭대기에서 바알을 꺾었으나, 악마는 이미 세계석을 악으로 물들인 후였다. 독자여, 그럼으로써 파괴의 군주는 인간을 암흑으로 물들인 것이었다. 인간은 악에 굴복하고 말 것이었다.

티리엘만이 우리의 끔찍한 운명을 알았다. 그는 마음을 단단히 먹고는 천사의 검 엘드루인을 세계석을 향해 던졌다. 뒤따른 폭발로 세계석은 산산조각이 나고 아리앗 산은 사라져버렸다. 나는 티리엘마저 그 와중에 소멸됐다고 믿을 수밖에 없었다.

비록 파괴적이기는 했으나, 그의 이러한 행동이 인간에 대한 바알의 흉계를 좌절시킬 것이다.

케지스탄력 1265년 - 칼데움의 융성

악마들이 자카룸교를 지배했다는 사실이 드러나자, 교단에 대한 민중의 여론은 곤두박질쳤다. 실로, 쿠라스트와 트라빈칼은 어둠의 방랑자가 나타난 후 벌어진 일로 큰 고통을 겪었다.

하칸 1세 황제는 능란한 책략으로, 케지스탄의 수도를 칼데움으로 옮겨 권력을 공고히 했다. 쉬운 일은 아니었으리라. 막강한 교역 집단이 칼데움을 장악하고 있었으며, 자카룸의 타락으로 황제의 명망이 손상되었기 때문이다. 그러나 하칸은 뛰어난 외교술을 발휘해 칼데움의 귀족과 동맹을 맺고 그들의 존경을 얻었다.

칼데움은 한동안 자카룸 교회의 잔도에게도 피신처가 되어 주었다. 이들은 새 출발을 하려고 칼데움으로 몰려들었다. 예전부터 중요한 도시였던 칼데움이, 성역 전체에서 가장 강력하고 유력하다 할 정도의 중심지가 된 것은 이때였다.

*데커드 케인이 칼데움으로 가서 레아를 받아들인 것은
이 시기, 1272년의 일이었다.*

케지스탄력 1272년 - 정예 결사단

내가 그들을 만나기 한참 전에, 한 무리의 젊은 학자들이 게아 쿨에서 숨겨진 호라드림 서고를 발견했다. 그들은 고서 더미를 유명한 문인 가레스 라우에게 가져갔고, 이 발견에 경탄한 그는 학자들을 이끌고 호라드림을 재건하기 시작했다. 이 신생 결사단은 '정예 결사단'이라는 이름으로 알려지게 되었다. 그러나 라우와 그의 고귀한 계획에는 사악한 내막이 있었다. 그는 거짓의 군주 벨리알에게 사로잡혀 있었던 것이다. 그는 자신의 영향력과 세력을 이용해 게아 쿨을 고문과 절망의 소굴로 서서히 변화시켰다.

나는 어린 레아를 데리고 재건된 호라드림에 대한 소문을 조사하다가, 라우의 궁극적인 목적을 알게 되었다. 게아 쿨에 묻힌 죽은 원소술사들을 부활시켜 군대를 만드는 것이었다. 마법단 전쟁 당시의 끔찍한 전투에서 희생된 이들이었다. 정예 결사단의 용감하고 청렴한 이들과 이브고로드 왕국 출신의 수도사인 미쿨로프와 힘을 합쳐, 레아와 나는 라우의 계략을 좌절시키는 데 성공했다.

*데커드 케인이 숨을 거둔 후 내가
그의 작업을 이었다. 이것은 곧 너희
호라드림의 일이 될 것이다.*

케지스탄력 1285년 - 대악마

세 대악마가 패배한 후, 벨리알과 아즈모단은 성역 침공을 획책했다. 나는 앙기리스 의회에게 이 이야기를 꺼냈으나, 그들은 내 경고를 귀담아듣지 않았다. 그래서 나는 필멸자가 되어 인간과 함께하기로 결정했다.

내가 성역에 떨어졌을 때, 내가 천사로서 지녔던 힘이 소멸되면서 구 트리스트럼의 폐허 근처에 건설된 신 트리스트럼 외곽의 망자를 일깨웠다. 힘을 잃은 나는 주민들이 마을을 지키는 데 힘을 보탤 수가 없었다. 구원의 손길은 다른 데서 나타났다. 네팔렘의 힘을 일깨운 용감한 필멸자가 나타난 것이었다. 슬프게도, 케인은 일련의 사건 와중에 숨을 거두었다. 그의 빈자리는 오랫동안 기억되리라.

레아, 네팔렘, 그 외의 용감한 필멸자들과 함께 나는 벨리알이 신임 황제 하칸 2세의 행세를 하고 있는 칼데움으로 떠났다. 오래전 모습을 감춘 레아의 어머니, 마녀 아드리아가 곧 합류했다. 우리는 그녀의 말에 따라 일곱 지옥의 군주 중 다섯의 정수가 담긴 검은 영혼석을 손에 넣었다. 아드리아는 벨리알과 아즈모단을 사로잡고 나면 수정을 파괴해 악마를 영원히 추방하겠다고 말했다.

용맹스러운 네팔렘은 칼데움에서 벨리알을 처치했고, 거짓의 군주는 검은 영혼석으로 빨려 들어갔다. 그다음 나는 동료들과 함께, 아즈모단이 지옥의 군단을 필멸자의 세상으로 내보내고 있는 아리앗 분화구로 향했다.

숱한 목숨을 잃었다. 숱한 참상을 보았다. 다른 필멸자들이 겁에 질려 움츠러들어도, 네팔렘은 굴하지 않고 나아가 아즈모단을 쓰러뜨렸다. 벨리알과 마찬가지로, 마지막 악마 군주도 검은 영혼석에 갇혔다. 영광스러운 승리가 눈앞에 있었다. 그리고 그때 아드리아가 자신의 목적을 드러냈다.

아드리아는 적어도 스무 해 동안 디아블로를 섬긴 것이었다. 그녀는 오직 공포의 군주를 담는 그릇이 되기 위해 어둠의 방랑자의 씨앗인 레아를 잉태한 것이었다. 디아블로는 검은 영혼석에 갇힌 나머지 지옥의 군주의 정수를 흡수해 대악마가 되었다. 이 끔찍한 존재는 레아의 몸을 차지한 채, 드높은 천상을 급습해 천사의 세계를 초토화했다.

장엄한 수정 회랑 꼭대기에서, 네팔렘은 마침내 대악마를 무찌르고 천상에서 영혼석을 던졌다. 그러나 검은 영혼석은 파괴되지 않았다. 아직도 대악마의 정수로 뒤흔들리는 영혼석을 앙기리스 의회가 맡아 보관하게 되었다.

이 사건은 천사와 필멸자의 역사에 새로운 시대를 열었다. 그러나 디아블로의 공포의 치세가 진정으로 막을 내렸는지는 아직도 확실히 알 수 없다.

성역의 여러 세력

아마존

* 수장: 자이라 여왕
* 근거지: 스코보스 제도 테미스
* 상태: 활동 중
* 구성원 수: 약 5,000명 추정 (훈련을 마친 아마존 계급의 병사)

아마존은 아스카리 문화권의 정예 전사 계급이다. 활과 투창, 창을 다루는 그들의 초자연적인 능력은 성역 전역에 잘 알려져 있다. 이 계급의 고도로 훈련된 전사는, 햇살이 가득한 고향의 국경을 방어하고, 스코보스 제도의 변경을 지키며, 머나먼 지역으로 항해하는 대규모 아스카리 상선단을 호위하는 등 다양한 임무를 수행한다.

그러나 아마존은 단순한 군인은 아니다. 그들은 아스카리의 모계사회에 종속되어 있다. 두 여왕이 스코보스 제도를 다스리는데, 그중 한 명이 아마존의 수장이다. 나머지 한 명은 점술사 계급과 신탁이라는 영적 지도자들을 다스린다. 이것은 고대로부터 전해온 제도라 한다.

암살자

* 수장: 알 수 없음
* 근거지: 알 수 없음
* 상태: 활동 중
* 구성원 수: 알 수 없음

암살자(비즈자크타르 또는 마법학자 살해자라고도 한다)는 신비에 싸인 존재다. 마법을 부리는 자들은 암살자라는 이름을 입에 담을 때면 겁에 질린 목소리로 숨죽여 속삭인다. 나는 암살자를 몇 명 만나보았으나, 그럼에도 이 집단의 의례, 규모, 수뇌에 대해서는 거의 아는 바가 없다. 내가 아는 것이 있다면, 끔찍한 마법단 전쟁이 막을 내린 후 비제레이 지도층이 원소술사들을 감시하면서 악마 소환 등의 불법 행위를 자행하는 어리석은 자를 처리하기 위해 비즈자크타르를 결성했다는 것이다. 마법으로 인한 타락을 막기 위해 암살자 사이에서는 비전력을 직접 다루는 것이 엄격히 금지되어 있다. 그 대신 이들은 신체를 단련해 무기로 삼고, 교묘한 장치와 마법의 덫을 사용해 목표물을 제압한다.

야만용사 부족

* 수장: 다양 (부족마다 족장이 다르다.)
* 근거지: 아리앗 산 (과거)
* 상태: 활동 중
* 부족 수: 32개 추정 (과거)

한때는 수많은 야만용사 부족이 존재했으며, 그중 여럿은 선사시대부터 존재했다. 각 부족의 혈통은 막강한 네팔렘 불카토스로 거슬러 올라간다. 각 부족은 용맹한 전사 조상에 대한 서사시를 노래한다. 오랜 세월 동안, 이 의연한 부족들은 그들이 성지로 여기는 아리앗 산 주위에 거주했다. 부족 간의 갈등이나 반목이 일어난다 하더라도, 궁극적으로는 모두 이 산을 지키는 데 헌신했다.

1265년에 이 강건한 야만용사들에게 비극이 일어났다. 거대한 폭발이 아리앗 산을 파괴하고, 모든 부족을 멸해 버린 것이다. 그 종말의 날 이후 몇 되지 않는 야만용사 부족은 지금도 죽음의 파멸이 내린 이 산에 남아 있다. 대부분의 부족은 바람에 날리는 나뭇잎처럼 흩어져, 완전히 해체되었다. 그들은 새로운 목적, 새로운 사명을 찾아 삶의 의미를 되찾기 위해 세상을 떠돈다고 한다.

장로 의회

* 수장: 장로 공동 책임
* 근거지: 하로가스
* 상태: 활동 중단
* 구성원 수: 13명

장로 의회는 가끔 하로가스 장로회라고 불리기도 하며, 존경받고 현명한 야만용사로 구성된 단체이다. 내가 스케알 파다 고서에서 발견한 내용에 따르면, 이 단체는 야만용사 문명의 태동기에 결성된 듯하다. 의회는 여러 세대에 걸쳐 아리앗 산의 그늘에 사는 여러 부족에게 지침을 제시했다. 바알이 1265년에 야만용사 부족을 상대로 공격을 감행했을 때, 대부분의 장로가 목숨을 버려 희생해 하로가스의 성벽 주위에 결계를 쳤다. 이런 행위를 이해하기 위해서는, 하로가스가 아리앗의 마지막 방어선이었다는 사실을 알아야 한다. 파괴의 군주와 아리앗 산의 성스러운 정상 사이에 놓인 마지막 보루였던 것이다.

이 헌신적인 행위에 참여하지 않은 장로는 한 사람뿐이었다. 그의 이름은 니흘라탁으로, 그에 대해서는 다른 글에서 상술한 바가 있다. 바알의 침입으로 장로 의회가 무너졌다는 사실만 언급하겠다. 야만용사 부족들이 혼란에 빠진 지금으로서는 이 의회가 언제 다시 결성될지 알 수 없다.

마녀단

* 수장: 마그다
* 근거지: 알 수 없음
* 상태: 활동 중
* 구성원 수: 500명 추정

마녀단은 이 세상에서 가장 위험한 집단 중 하나이기에 예의 주시해야 한다. 이 타락한 집단은 고대 삼위일체단의 분파로 추정된다. 그러나 두 집단 사이에는 확연한 차이점이 몇 가지 있다. 고대의 삼위일체단과 달리 마녀단은 악마와의 관계나 무자비한 고문 기법, 기괴한 의식을 숨기려 하지 않는다는 점이다. 또한 고대의 삼위일체단이 세 대악마의 뜻을 받들었던 데 반해 마녀단은 고위 악마인 아즈모단과 벨리알을 섬긴다는 의혹이 든다.

이것은 나의 추측일 뿐이지만 여기에 기록으로 남기려 한다. 이 두 고위 악마가 우리 세상에 대한 사악한 간계를 품고 있을 공산이 크며, 그 계획을 곧 실행에 옮길지도 모르기 때문이다. 그러므로 우리는 마녀단의 활동을 극도로 면밀하게 관찰해야 한다.

최근 마녀단과 싸운 경험으로 미루어보면, 그 수는 케인이 측정한 것보다 훨씬 많은 듯하다.

성전사

* 수장: 아크칸 (과거) 현재 구심적 지도자 없음
* 근거지: 없음
* 상태: 활동 중
* 구성원 수: 300~400명 추정

성전사단은 세계가 근본적인 변화를 거치던 시기인 케지스탄력 11세기에 결성되었다. 자카룸교가 케지스탄의 지배적인 종교로 자리매김하고, 라키스가 서쪽으로 위대한 원정을 떠난 후였다. 세상을 뒤흔드는 변화의 와중에, 자카룸 성직자 아크칸이 교단의 심장을 좀먹는 암흑의 징조를 인식하기 시작했다. 그는 싹트는 타락에 대한 조치로서 성전사단을 결성했다. 대단한 무용과 결의를 자랑하는 성전사는 자카룸교를 정화할 방법을 찾아 동쪽으로 떠났다. 두 세기가 넘는 세월이 흐른 지금도, 성전사는 면면히 맥을 유지하며 꿋꿋이 아크칸이 내린 임무를 수행하고 있다.

여기서 상술할 가치가 있다고 생각되는 주제는 성전사단이 하필 동쪽으로 떠난 이유다. 개인적으로는 성전사의 목적지가 자카룸의 창시자인 아카라트의 삶과 관련되어 있었다고 생각한다. 사르주크의 두루마리를 비롯한 이 교단의 외경(外經)에서는, 아카라트가 마지막으로 목격되었을 때 그는 케지스탄 국경 너머의 동쪽 땅으로 향하던 중이었다고 한다. 아크칸이 이런 이야기를 알고 있었다는 데는 의심의 여지가 없다. 어쩌면 그는 아카라트가 남긴 글이나 유물을 발견할지도 모른다는 희망을 안고 추종자들을 동쪽으로 보낸 것인지도 모른다. 이것은 나의 추측에 지나지 않지만, 성전사들의 행적에 대한 합리적인 설명이라고 생각한다.

이 단체에 대한 보다 상세한 설명은 데커드 케인의 '검은 영혼석의 운명' 항목에 수록했다.

드루이드

* 수장: 푸른걸음 키오단
* 근거지: 스코스글렌 투르 둘라
* 상태: 활동 중
* 구성원 수: 알 수 없음
(드루이드 문화를 보살피고 이끄는 고위 전사는
약 500명으로 추정된다.)

드루이드는 매우 흥미로운 집단으로, 스코스글렌의 녹음이 우거진 숲에 거주하는 전사 겸 시인의
집단이다. 그들은 네팔렘 바실리로부터 계승한 '카오이 둘라'를 따르는데, 이는 자연과의 합일을 촉구하는
철학이다. 드루이드는 땅과 하나이기에 동물은 물론 식물과도 소통할 수 있으며, 전투 중에도 그들에게
도움을 청할 수 있다. 나는 그런 능력을 직접 목격했기에, 그것이 단순한 전설이 아님을 안다.

드루이드는 고향의 초록빛 숲에 흩어져 있는 거대한 돌탑(대학이라 불린다) 안에서 어릴 때부터 그러한 기술을 연구하고 자연과의 합일을 추구한다. 이들은 차분하고 사색적인 성정을 지녔지만, 그렇다고 얕잡아 봐서는 안 된다. 소문에 따르면, 이들은 야만용사와 같은 혈통이며 따라서 무지막지한 육체적 힘을 지니고 있다고 한다. 그들의 독특한 마법 역시 그들에게 어마어마한 힘을 부여한다. 실제로, 막강한 비제레이 마법학자들이 스코스글렌을 침입했다가 이 지역의 무시무시한 드루이드들에게 죽거나 쫓겨났다는 이야기가 고대로부터 전해진다.

에디렘

* 수장: 울디시안 울디오메드 (과거)
* 근거지: 케잔과 주변 지역 (과거)
* 상태: 활동 중단
* 구성원 수: 3,000명 추정 (과거)

에디렘, 즉 '각성한 자들'은 죄악의 전쟁 당시에 네팔렘의 힘을 발휘한 필멸자의 집단이다. 기록이 존재하지 않으므로, 이들이 정확히 어떤 능력을 가졌는지는 알 수가 없다. 그러나 이들은 당대의 위대한 마법학자를 초월하는 힘을 지니고 있었다고 말해도 틀리지는 않으리라.

에디렘은 두 종교의 영향력이 인류를 멸망시킬지도 모른다는 두려움에, 삼위일체단과 빛의 대성당을 상대로 전쟁을 일으켰다. 죄악의 전쟁 이후, 에디렘의 능력은 쇠했고 기억은 말소되었다. 인간의 잠재력을 놀라운 경지로 끌어올렸던 이들이 다시금 농부와 장인으로서 범속한 생활을 시작하는 모습은 상상하기가 힘들다.

호라드림

* 수장: 탈 라샤 (과거), 제레드 케인 (과거), 가레스 라우 (과거), 토마스와 쿨렌
* 근거지: 게아 쿨
* 상태: 활동 중
* 구성원 수: 7~12명 추정 (과거, 결성 당시의 핵심 구성원), 현재 10명 (토마스, 쿨렌과 최근에 나눈 이야기를 기초로 추정한 수치이다.)

거의 세 세기 전에 대천사 티리엘은 세 대악마, 디아블로, 메피스토, 바알을 가두기 위해 걸출한 마법학자를 규합해 호라드림을 결성한다. 호라드림은 그 중대하고 위험천만한 임무에 성공했지만, 그 대가로 많은 희생을 치렀다. 이 마법학자들은 그들이 목도한 참상으로 영원히 변화하게 된다.

호라드림의 형제 수는 이 오래된 추정치를 훌쩍 웃돈다.

그럼에도 그들은 작업을 계속하여 불타는 지옥과 드높은 천상에 대해 알거나 배운 사실을 모조리 기록했다. 세 대악마의 패배 후 수십 년에 걸쳐, 호라드림은 위대한 유산만을 남긴 채 서서히 사라졌다.

이 유산을 내가 몇 세대 후에 계승했다. 호라드림 지식의 관리인이자 제레드 케인의 후손으로서, 나는 스스로를 마지막 호라드림이라 여겼다. 이런 생각이 변한 것은, 게아 쿨에서 일단의 학자들이 호라드림의 가르침을 계승하기 위해 모였다는 사실을 알았을 때였다. 이들은 결사단에 헌신하고 있으며, 나는 이들이 앞으로 원래의 호라드림에 뒤지지 않는 공을 세우리라 믿는다.

메커드는 케인의 기록에서 호라드림에 대해 더 자세히 기술했다. 나는 호라드림을 계승하는 현대의 결사단에 대한 정보는 이 책의 앞부분에 수록했다.

강철늑대단

* 수장: 아시아라 사령관
* 근거지: 칼데움
* 상태: 활동 중
* 구성원 수: 550명 추정

용병단은 충성의 대상을 밥 먹듯이 바꾸기로 악명이 높지만, 강철늑대단은 조금 다르다. 그들은 대담하고 무모하지만, 충성과 임무를 무엇보다도 중시한다. 강철늑대는 검술에서 비전술에 이르기까지 다양한 분야에서 두각을 나타내는 노련한 정예병이다.

쿠라스트가 몰락한 후에, 자카룸교는 강철늑대단을 고용해 케지스탄의 새로운 군주 하칸 2세를 성역 북부의 고향으로부터 호송하는 임무를 맡겼다. 이 임무를 마친 후에 강철늑대단은 소년 황제의 개인 경호원이 되었다. 이 사건 하나로 강철늑대단은, 이러한 성격의 단체로서는 유례가 없는 수준의 권력과 영향력을 과시하게 되었다.

타락이 칼데움에 스미기 시작했을 때 하칸 2세는 강철늑대단을 내치고 황실 경비대를 그 자리에 들였다. 그럼에도 아시아라와 충성스러운 용병들은 우리를 도와 칼데움을 구했다.

마법단

* 수장: 대마법학자 발데크
* 근거지: 칼데움 이샤리 성소
* 상태: 활동 중
* 구성원 수: 500명 추정
(이샤리 성소에 소속되지 않은 자는 제외한 수치이다.)

현존하는 수많은 당파와 단체 중에서도, 필멸자의 운명에 가장 큰 영향을 미친 것은 마법단이라고 생각한다. 이들 단체의 역사에 대해서는 다른 저서에서 소상하게 기술한 바 있으므로, 여기서는 현대에 마법단이 차지하는 지위에 초점을 맞추고자 한다.

현재 크게 다섯 개의 마법단이 남아 있으며, 에네아드, 아무이트, 비제레이, 타안, 잔 에수가 그것이다. 마법단의 전쟁이 끝나고 몇 세기에 걸쳐, 막대한 영향력을 행사했던 이들 단체의 인구는 서서히 감소했다. 최근에는 칼데움 무역 협의회의 노력으로 이런 추세가 반전되고 있다. 도시를 지배하는 상인 계층이 이 도시를 학습의 중심지로 만들고자 여러 마법단을 결속시켜 이샤리 성소를 건설한 것이다. 비전의 보물로 가득한 이 경이로운 학문의 전당은, 여러 마법단에 있어 학습과 성장의 터전이 되었다. 이샤리 성소는 마법의 황금시대 이래로 마법단이 지녀온 권력과 화합을 보여주는 가장 큰 상징물이다.

강령술사

* 수장: 죽음의 대변인 주르단
* 근거지: 케지스탄 동부 지역
* 상태: 활동 중
* 구성원 수: 150명 추정

강령술사, 즉 라트마의 사제는 흔히 오해를 사는 집단이다. 망자와 소통하는 이들의 능력을 두려워하는 사람이 많기 때문이다. 필멸자에게 삶과 죽음의 경계를 비트는 이러한 기술을 가르친 것은 전설적인 네팔렘 라트마였다. 칼란의 책에 따르면, 강령술사의 시조는 한편으로 추종자들에게 중대한 임무를 맡겼다고 한다. 빛과 어둠의 균형을 유지하여, 천사도 악마도 인간에게 과도한 영향력을 미치지 못하도록 하는 것이었다. 필멸자 세상이 드높은 천상과 불타는 지옥의 무서운 위협 하에 놓였던 죄악의 전쟁 중에 최초의 강령술사가 나타났을지도 모른다는 사실은 흥미롭다.

이 단체의 내부 사정에 대해서, 나는 거의 아는 바가 없다. 라트마의 사제들은 케지스탄 동부 밀림의 모처에 자리한 광대한 지하 도시에 산다고 한다. 이처럼 고립되어 있었기에, 강령술사들은 다른 마법단의 영향을 받지 않고 고유한 의식과 비전술을 발전시킬 수 있었다. 나는 과거에 강령술사 한 사람과 잠깐 함께 다닌 적이 있었다. 그 경험을 통해 나는, 이처럼 어수선한 시대에 라트마의 사제가 강력하고 믿음직한 동료가 될 수 있다고 믿게 되었다.

성기사

* 수장: 대원수 엘랴스 (과거)
* 근거지: 서부원정지
* 상태: 활동 중단
* 구성원 수: 250명 추정 (과거)

성기사는 자카룸교의 전투적인 분파를 구성하는 신성 전사로, 전투에서 빛의 힘을 사용하도록 훈련을 받았다. 이 정의로운 전사 중에서도 나는 성기사단이라는 특정 단체에 대해 기술하고자 한다. 자카룸의 심문(이 주제에 대해서는 다른 글에서 상술했다)이 한창이던 암울한 시대에, 한 무리의 성기사가 교회에서 떨어져 나왔다. 그들은 심문의 방법론을 맹렬히 비난하고, 유혈의 역사를 계승하지 않겠다고 선언했다. 온갖 악으로부터 죄 없는 자를 보호하겠노라 맹세한 용맹스러운 변절자들은 서부원정지로 향해 코르넬리우스 왕의 환대를 받았다. 최근에는 이 왕국에 이미 존재하던 성기사 단체인 서부원정지 기사단과 합병되었다.

장로들

* 수장: 장로 공동 책임
* 근거지: 이브고르드
* 상태: 활동 중
* 구성원 수: 9명

질서와 혼돈의 세력 사이에서의 균형이 이브고르드의 고대 문화 및 신앙에 아로새겨져 있다. 이 왕국 최고의 정치 지도자이자 종교 지도자인 장로회는 이러한 사실을 잘 보여준다. 장로는 총 아홉 명으로, 네 명은 질서에 치우치고, 네 명은 혼돈에 치우치며, 한 명은 중립을 유지한다. '사프테브'라 불리는 이브고르드의 종교는 일천 한 명의 신을 섬기며, 장로들이 이 신들을 대변한다고 한다. 그러므로, 이브고르드 주민은 남녀노소를 불문하고 장로의 뜻을 무조건적으로 따른다.

장로회의 근원에 관련해 고대 사프테브 두루마리는 일천 하고도 한 명의 신이 아홉 명의 인간을 선택해 현재의 이브고르드를 건설하고 통치하게끔 했다고 기술한다. 장로들은 이 아홉 명의 건국자가 환생한 존재라고 여겨진다.

도적

* 수장: 대사제 아카라
* 근거지: 칸두라스 동문 성채
* 상태: 활동 중
* 구성원 수: 40명 추정

도적은 스스로 '보이지 않는 눈의 자매'라 칭하는 비밀스러운 조합의 일원이다. 그들은 무엇보다도 활과 화살을 다루는 특출한 재능으로 명성이 높다. 이런 점을 염두에 두면, 이 단체가 원거리 무기를 능숙하게 다루기로 유명한 스코보스 제도 출신의 아마존이 창설했다는 사실도 놀랍지 않다. 오래전, 일군의 여성 전사가 '보이지 않는 눈'이라는 경이로운 유물을 가지고 아스카리 사회에서 떨어져 나왔다. 전설에 따르면 이는 엄청난 유물이라고 한다. 일부의 증언에 따르면, '보이지 않는 눈'은 사람에게 장래의 사건을 상세히 볼 수 있는 능력을 부여한다고 한다. 또 일부의 이야기에 따르면, 이 유물을 사용하면 멀리 떨어진 사람들끼리 이야기를 나눌 수 있다고 한다.

보이지 않는 눈의 자매는 결국, 라키스가 서부원정지를 건국한 후로 버려져 있었던 동문 성채에 정착했다. 그곳에서 그들은 활을 중심으로 하는 독특한 무술을 수련했다. 이 자매들은 자신만의 운명을 개척하는 수단으로써 그 산속 요새에서 몸을 피하고자 하는 여성을 무조건적으로 받아들인다고 한다. 약 스무 해 전에, 고위 악마 안다리엘이 이 집단에 영향력을 발휘해 거의 산산조각을 낸 적이 있었다. 그들은 이 비극을 극복했으며, 이 요새의 훈련장에는 다시금 활시위 소리와 함성 소리가 울려 퍼지고 있다. 그러나 보이지 않는 눈의 운명은 알려지지 않았다.

스카침

* 수장: 구심적 지도자 없음
* 근거지: 케지스탄
* 상태: 활동 중
* 구성원 수: 10,000명 추정

스카침에 대한 정보는 대부분 람 에센의 저서 '검은 책'을 통해 입수한 것이다. 자카룸교의 흥성 이전에는, 스카침이 케지스탄에서 가장 널리 신봉된 종교 중 하나였다. 스카침은 근본적으로, 신앙과 신비주의가 독특한 형태로 혼합된 것이다. 수행자들은 의식을 거행해 예지력을 얻거나 과거와 미래의 사건을 본다. 스카침의 신자들은 자신을 초월해 보다 높은 존재가 되기 위해 노력한다. 이 종교의 인기는 세기를 거듭하며 서서히 감소했으나, 그 영향력은 이 고대 종교와 여러 풍습을 공유하는 타안 마법단에서 찾아볼 수 있다.

이 이야기는 사실에 근거한 듯하다. 내 친우인 코르마크라는 기사단원이 조직의 만행에 대해 알게 되었기 때문이다.

기사단

* 수장: 알 수 없음 (수장이 '단장'이라 불린다는 이야기는 들은 적이 있다.)
* 근거지: 서부원정지
* 상태: 활동 중
* 구성원 수: 알 수 없음

서부원정지의 기사단은 내게 수수께끼 같은 존재다. 어떤 이야기에 따르면 이 조직의 일원은 죄를 씻고 올바른 길을 걸을 기회를 얻은 범죄자라고 한다. 또 다른 꺼림칙한 이야기에 따르면 기사단이 죄 없는 시민을 납치한 후 끔찍한 고문으로 기억을 지워 열성적인 신자로 만든다고 한다. 이 끔찍한 이야기를 뒷받침하는 근거는 없지만, 그런 이야기가 존재한다는 것만으로도 이 집단의 저의를 의심하게 된다.

삼위일체단

* 수장: 절대자 루시온 (과거)
* 근거지: 케잔 (과거)
* 상태: 활동 중
* 구성원 수: 알 수 없음 (고대에는 추종자가 수만 명에 이르렀을 것으로 추정한다.)

삼위일체단(또는 '삼의 교단')은 거의 삼천 년 전에 광대한 케잔 제국에 나타났다. 이것은 다름 아닌 불타는 지옥의 세 대악마가 인류의 마음을 주무르기 위해 만든 종교였다. 교단은 자애로운 세 영혼, 숫양으로 상징되는 결의의 영 디알론, 나뭇잎으로 상징되는 창조의 영 발라, 붉은 원으로 상징되는 사랑의 영 메피스를 숭배했으며, 이 세 영은 실제로는 각각 디아블로, 바알, 메피스토였다. 이 교단의 건축물과 행동 양식에서는 숫자 3이 상징적으로 사용되었다고 한다. 삼위일체단의 군사력인 평화 감시단이 그 예다. 그들은 늘 셋씩 짝을 지어 다니며, 교단의 자애로운 영을 각자 하나씩 섬겼다.

그 권력의 정점에서, 삼위일체단은 울디시안 울디오메드와 그의 동료인 각성한 네팔렘, 에디렘에게 패배했다. 그러나 이 종교의 잔당은 그 후로도 오랫동안 명맥을 이은 것이 분명하다. 그들은 그늘에 숨은 채, 자애라는 삼위일체단의 허울을 벗어버리고 더러운 비밀을 지키며 세 대악마의 신호를 기다렸다. 삼위일체단은 최근 스스로 마녀단(이에 대해서는 앞에서 기술했다)이라 부르는 집단으로 나타났다. 그 외에도 이 교단의 분파가 존재하는지는 알 수 없지만, 존재한다고 생각된다. 대악마의 영향력은 필멸자의 세상에서 쉽게 제거되지 않을 것이다.

도둑 조합

* 수장: 알 수 없음 (암살자 집단과 마찬가지로, 이 조합은 지도층을 숨기려 한다.)
* 근거지: 서부원정지와 서부의 기타 지역
* 상태: 활동 중
* 구성원 수: 300명 추정 (모든 계급 포함)

도둑 조합은 라키스가 서부원정지를 건국한 후에 생겨났다. 그 후로 이 범죄 조직은 서부원정지의 각 도시로 뻗어나가 착취, 매수, 밀수, 살인 등 온갖 범법 행위를 자행했다.

도둑 조합은 내부 사정을 외부인에게 알리지 않기 위해 무던히 애를 쓴다. 그러나 나는 이 조직이 일반적으로 비참한 빈민가에서 조합원을 모집한다는 사실을 알게 되었다. 처음 입문하면 소매치기부터 배우며, 장래가 촉망되는 자는 계급이 올라간다. 이런 면에서는 적법한 직업 조합과 유사하다. 조합에서 계급이 올라가면 매우 수익성이 높은, 그러나 위험한 일을 맡게 된다.

무역 협의회

* 수장: 무역 협의회 의장
* 근거지: 칼데움
* 상태: 활동 중
* 구성원 수: 10,000명 추정 (일반 상인 포함)

성역에는 여러 상인 조합이 존재하지만, 칼데움의 무역 협의회는 특히 흥미롭다. 이 단체는 전쟁에도, 기근에도, 제국의 멸망에도 살아남았기 때문이다. 협의회의 이런 힘은 부분적으로는 그 열린 태도에서 비롯되는 듯하다. 이 단체의 지도층은 변화의 바람에 맞서지 않고, 받아들인다. 그 사실은 그들이 칼데움에 거대한 자카룸 대성당 살덴칼을 건설하는 것을 허가한 데서도 확인할 수 있다. 그 후, 협의회는 비전 연구의 중심지인 이사리 성소를 건설했다. 이 두 가지 거사만으로, 협의회는 자카룸 신자와 마법단을 아군으로 얻었다. 보다 최근에는, 서거한 케지스탄 황제 하칸 1세가 칼데움을 권좌로 선포했다. 협의회는 이 갑작스러운 전개에 저항하지 않고, 정치라는 진흙탕 속에서 빠르게 처신해 이 도시에서의 유력한 지위를 지키는 데 성공했다.

자카룸

* 수장: 쿠에헤간 디라이
* 근거지: 칼데움 살덴칼
* 상태: 활동 중
* 구성원 수: 50,000명 추정

오늘날 살아 있는 사람 중에 자카룸교를 모르는 사람이 있을까? 서부원정지의 자갈 도로에서 칼데움의 구불구불한 시장 길에 이르기까지, 자카룸의 충복이 내면의 빛 또는 아카라트에 대해 설파하는 모습을 본 적이 없는 사람이 있을까? 독자여, 이 조직은 지난 몇 세기 동안 세상에 근본적이고도 중차대한 영향을 미쳤다. 이것이 더 대단한 이유는, 자카룸이 소박한 수행자 무리에서 비롯된 종교였기 때문이다. 시간이 흐르며 신자들은 국가를 건설하고 황제를 즉위시키는 권력을 손에 넣었다.

최근에 자카룸교의 권세는 많이 기울었다. 증오의 군주 메피스토가 교단의 최고 계층, 즉 쿠에헤간과 대의회를 타락시켰다는 사실이 드러나는 바람에 교단은 파멸의 위기를 맞이했다. 교회는 그 후로 쿠라스트에서 칼데움으로 근거지를 옮겼다. 디라이라는 새로운 쿠에헤간의 지도 하에, 자카룸교는 상처를 돌보며 명망을 회복하고 있다.

마무리로, (특히 메피스토의 사건이 발각된 후에) 서부원정지의 자카룸교는 케지스탄의 교회로부터 소원해졌다는 사실을 언급해야 하겠다. 서부원정지가 최근에 부쩍 세속적으로 변한 것은 사실이지만, 서부원정지 기사단 등 자카룸교의 영향을 받은 집단이 아직 존재한다.

자카룸의 손

나는 '자카룸의 심문' 당시를 역사의 암흑기로 간주한다. 교회의 주도로 이루어진 잔인한 개종 운동이 케지스탄 전역에 피해망상과 공포를 퍼뜨렸다. 자카룸을 믿지 않는 자는 타락했다는 판정을 받아 무시무시한 심문과 '정화' 수법을 견뎌야 했다. '자카룸의 손'이라는 성기사 무리가 이 잔인무도한 성전의 선봉에서 활동했다. 이 신성 전사의 일부는 나중에 종교에서 떨어져 나가지만, 대다수는 이 운동이 마침내 시들해질 때까지 심문의 공포를 전염시켰다.

오주의 인물

압드 알하지르

압드 알하지르는 사학자이자 지식의 탐구자이다. 그는 칼데움의 걸출한 학자로 간주되며, 오랫동안 이 도시의 고명한 학교에서 교편을 잡았다. 그토록 가난한 집안에 태어난 사람이 이토록 유명세를 떨치게 된 것은 대단한 일이다. 최근에 들은 바에 따르면, 압드는 세상을 주유하며 그 안의 다양한 민족, 괴물, 지역에 대해 기술하고 있다고 한다.

아카라

아카라는 부드러운 말투의 현명하고 불가해한 여인으로, '보이지 않는 눈의 자매'의 영적 지도자이다. 스코보스 제도의 놀라운 유물인 '보이지 않는 눈'에 얽힌 비밀과 그것을 사용하는 비법을 잘 알고 있을 것이라 생각된다.

아카라트 (사망)

자카룸교의 창시자 아카라트에 관해서는 숱한 전설이 존재한다. 한 가지 진실은, 그의 근본과 일생이 수수께끼라는 사실이다. 그 죽음을 둘러싼 정황에 대해서도 풍문만이 난무할 뿐이다. 그는 케지스탄에서 가르침을 설파한 후에 동쪽으로 사라져 다시는 모습을 드러내지 않았다고 전해진다.

알라릭 (사망)

칼란의 책에 따르면, 알라릭은 최초의 네팔렘 세대의 한 명이었다. 그와 동료들은 칸두라스의 장엄한 사원(이 사원의 폐허는 '가라앉은 사원'이라는 이름으로 오늘날에도 존재한다)에 거주했다. 세계석이 변화하고 네팔렘의 힘이 쇠한 후에, 알라릭과 동료들은 교활한 협잡꾼 악마 네레자에게 속았다. 그 싸움의 정황과 결과에 대해서는 상세히 알지 못하지만, 알라릭과 동료의 유령이 아직도 가라앉은 사원의 황폐한 복도를 거닌다는 전설이 있다.

아들레온

아들레온은 대천사 티리엘의 추종자 중 가장 대담한 축에 든다. 영원한 전쟁에서 전투를 치르던 중에, 이 불굴의 천사는 악마의 바다로 돌진했다가 적진의 한가운데에 고립되었다. 그는 적의 손에 죽을 뻔했으나, 티리엘이 나타나 그를 구했다. 두 천사는 나란히 불타는 지옥의 병졸들을 베어 넘기며 천사군이 있는 곳에 이르렀다.

아시아라

아시아라는 오랜 세월 동안 부도덕한 용병단을 전전했다. 이들 용병단이 사용하는 잔인한 전술을 경멸한 그녀는 결국, 명예와 임무를 무엇보다도 중시하는 용병의 집단인 강철늑대단을 결성한다. 나는 아시아라가 부하들에게 엄격하면서도 공정하다는 걸 알고 있다.

아스트로가

교활한 악마 아스트로가는 디아블로의 심복이다. 나의 조사에 따르면, 다리가 여러 개 달리고 독을 품은 이 악마는 필멸자의 세상에 적어도 두 번 소환되었다. 첫 번째는 죄악의 전쟁 당시 삼위일체단이 소환한 것이었고, 두 번째는 현대에 카리브두스라는 강령술사가 소환한 것이었다. 아스트로가의 현재 행방에 관련해서는 이 사악한 괴물이 '거미의 달'이라는 신비로운 유물 속으로 추방되었다는 이야기를 들은 바 있다.

바르툭 (사망)

피의 군주 바르툭에 얽힌 이야기는 믿기가 어렵다……. 어떻게 하면 인간이 그토록 깊은 타락과 야만의 심연에 빠질 수 있는 것일까? 역사는 그가 악마를 소환해 전투에 내보내는 사악한 마법을 비제레이 마법학자였다고 기술한다. 실제로 그는 결과에 대해 생각하지 않고 불타는 지옥의 힘을 끌어 쓰며 즐거워했다.

바르툭은 적의 피로 목욕을 하는 기괴한 의식으로 악명을 떨쳤다. 비제레이의 이야기가 사실이라면 이 행위는 그에게 어마어마한 힘을 부여한 듯하다. 그의 갑옷은 피를 들이마신 끝에 그 자체의 악의를 지니게 되었다고도 전해진다.

학살에 대한 욕망과 오만에 젖은 피의 군주는, 비제레이 마법단을 상대로 끔찍한 내전을 일으켰다. 그 피비린내 나는 광란은 결국 그가 자신의 형 호라존의 손에 죽으면서 마침내 막을 내렸다.

베누 (사망)

나는 테간제 밀림에 거주하는 움바루족의 신념과 생활 방식에 끝없는 흥미를 느낀다. 이 문화의 영적인 전사 부두술사와 관련해 최근에 들은 이야기는, 베누라는 자에 대한 것이었다. 이 젊은이는 움바루족 친구의 허울을 쓴 고뇌의 악마를 처치하기 위해 용감하게 자신을 희생했다. 몇몇 부두술사들은 이 사건 이후로 베누의 혼령이 무덤 너머에서 귓속말을 하며 지혜와 지침을 전해준다고 주장한다.

찰시

야만용사 찰시와 그 부모는 매우 어릴 때 잔인한 카즈라 무리에게 기습을 당했다. 부모는 근처의 황야에 가까스로 아이를 숨기고, 염소인간에게 무자비하게 살해당했다. 보이지 않는 눈의 자매가 나중에 우연히 아이를 발견해 돌보았다. 그녀는 그 후로 이 조직의 일원으로서, 무지막지한 육체적 힘을 이용해 조직의 무기와 갑옷을 만들고 있다.

욕심쟁이 셴

최근에 나는 더지스트의 보석이라는 보배를 찾아다닌다는 방랑 보석공에 대한 소문을 여러 번 들었다. 소문에는 북부의 시안사이 출신인 욕심쟁이 셴이라는 노인이 등장한다. 실로 혼란스러운 점은 이미 여러 세기 전에 쓰인 사료에도 비슷한 이야기가 여럿 나온다는 점이다. 이야기에는 하나같이 더지스트의 보석을 찾아다니는 시안사이 출신의 쪼글쪼글한 노인이 등장한다.

키대아

죄악의 군주 아즈모단은 강력한 일곱 부관을 거느리고 있다고 전해진다. 그중 하나가 욕망의 여제 키대아다. 비제레이 문헌에 따르면 그녀는 아즈모단이 총애하는 종복으로 극히 아름다우면서도 흉측한 악마라 한다. 그녀는 죄악의 군주의 환락궁에 기거하며, 쾌락과 고통의 경계, 환희와 고문의 경계를 흐리는 데서 즐거움을 찾는다고 한다.

하칸 2세 황제

머나먼 북방의 빈민으로 태어난 소년 하칸 2세는 이제 케지스탄의 황제로서 옥좌에 앉아 있다. 그렇게 사회적 지위가 낮았던 자가 어떻게 그토록 높은 자리에 올랐는지 의아할 것이다. 답은 자카룸에 있다.

얼마 전부터 자카룸 사제들이 제위에 오를 자를 결정할 권한을 지니게 되었다. 교회 고위층은 일련의 비밀 의식을 거쳐, 북방의 하칸 2세의 존재를 인식하고 그를 케지스탄의 새 황제로 즉위시키기로 결정했다.

벨리알이 나중에 하칸 2세에게로 빙의했다. 그는 소년을 이용해 칼데움에 혼란의 씨앗을 심다가 결국 네 동료들의 손에 쓰러졌다.

타사라 황제 (사망)

타사라는 부, 권력, 핏줄이 케지스탄의 제위에 오를 자를 결정하던 시대에 살았다. 그에 따라, 그는 어릴 때부터 황제에 걸맞은 교육을 받았다. 그는 복잡다단한 역사학과 정치학을 공부하면서, 전임자들의 실수로부터 교훈을 얻었다. 실로 그는 케지스탄 최고의 성군이라 할 수 있다. 타사라는 당대에 많은 개혁을 주도했으며, 자카룸을 국교로 삼은 것이 그중 하나였다. 그것만으로도 그는 교회의 공경을 받았다.

파라

파라는 한때 독실한 자카룸 성기사였다. 교회에 악이 뿌리내렸다는 사실을 발견한 그녀는, 교단을 떠나 루트 골레인에 정착했다. 나는 그곳에서 사막의 불볕 아래 대장장이로 수고하는 그녀를 만났다. 생활은 완전히 바뀌었으나, 파라는 아직 자카룸의 창시자인 아카라트의 가르침을 굳게 믿었다. 그 가르침만은 교회의 타락과 무관하게 순수하고 고귀하다고 생각하는 것이리라.

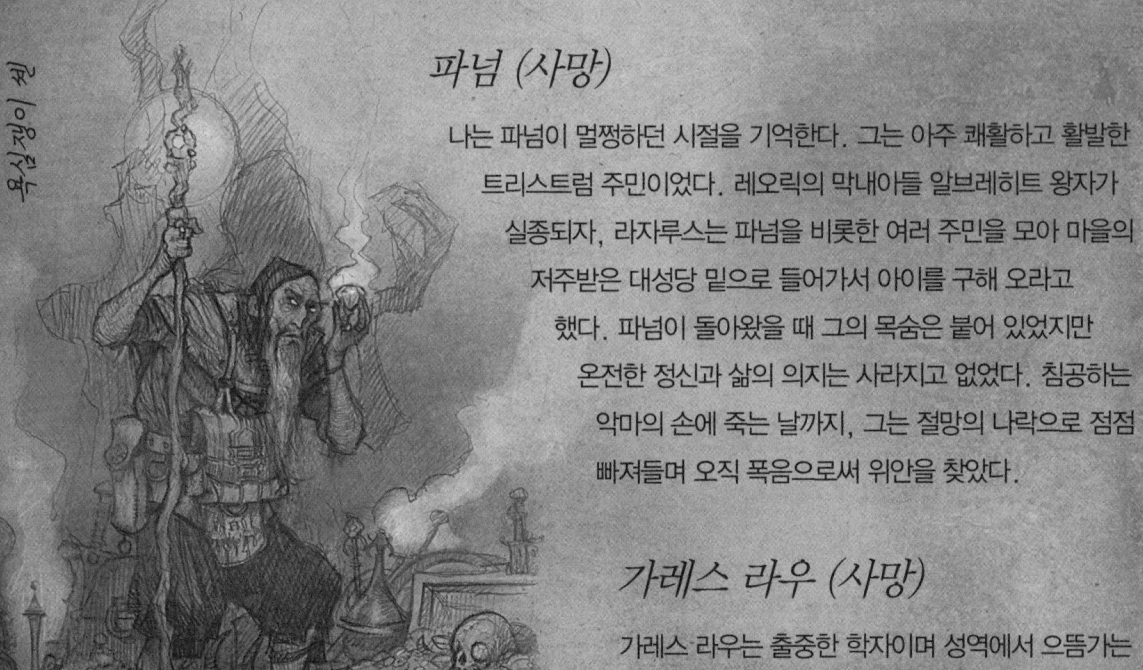

주술사장이 젠

대장장이 헤파스토

파넘 (사망)

나는 파넘이 멀쩡하던 시절을 기억한다. 그는 아주 쾌활하고 활발한 트리스트럼 주민이었다. 레오릭의 막내아들 알브레히트 왕자가 실종되자, 라자루스는 파넘을 비롯한 여러 주민을 모아 마을의 저주받은 대성당 밑으로 들어가서 아이를 구해 오라고 했다. 파넘이 돌아왔을 때 그의 목숨은 붙어 있었지만 온전한 정신과 삶의 의지는 사라지고 없었다. 침공하는 악마의 손에 죽는 날까지, 그는 절망의 나락으로 점점 빠져들며 오직 폭음으로써 위안을 찾았다.

가레스 라우 (사망)

가레스 라우는 출중한 학자이며 성역에서 으뜸가는 제본공이었다. 그는 마법에 소질이 있었고, 타안

마법학자의 문하에서 그 소질을 갈고닦았다. 후에 라우는 호라드림의 가르침을 계승하는 젊고 용감한 학자들의 모임인 정예 결사단을 이끌었다.

그러기 조금 전, 벨리알이 라우가 지닌 대단한 능력에 큰 흥미를 느꼈다. 그는 라우의 생각과 기억에 거짓의 장막을 드리워, 그를 꼭두각시로 삼았다. 벨리알의 사악한 의지에 따라 라우는 게아 쿨 아래 묻힌 고대의 원소술사 군대를 일으킬 목적으로 그 도시를 정복했다.

나는 용감한 사람들과 힘을 합쳐(심지어 레아도 함께 있었다) 라우의 계획을 좌절시키려 했으나, 그의 힘에 맞서기는 역부족이었다. 그러나 결국은 라우에게 남은 일말의 인간성이 벨리알의 기만을 가까스로 걷었다. 자신이 악의 노리개가 되었음을 알고, 이 학자는 스스로 목숨을 끊었다.

가바드 (사망)

사람들은 대부분 카즈라가 지각이 없는 동물에 지나지 않는다고 여기지만, 간혹 교활한 술수를 부리는 카즈라도 있었다. 그런 카즈라였던 가바드는 트리스트럼 암흑기에 아이단 왕자와 동료들의 신뢰를 얻으려고 했다. 나중에 이 벼룩투성이 괴물은 잔인한 본성을 드러내지만, 그 대가로 죽임을 당했다.

그홈

폭식의 군주 그홈은 아즈모단의 일곱 부관 중 하나다. 그 식욕은 끝이 없어서, 군침이 흐르는 아가리 앞에 오는 것이라면 적은 물론 악마 동료까지 잡아먹는 것으로 알려져 있다. 그의 땀구멍 하나하나에서 유독한 오물이 새어 나와, 필멸자를 질식시킬 정도로 지독한 악취를 풍긴다.

질리언

질리언은 트리스트럼 해돋이 여관의 여급이었다. 그녀의 상냥한 미소와 언사에는 아무리 무뚝뚝한 손님도 기분이 좋아질 수밖에 없었다. 트리스트럼 암흑기 이후 마녀 아드리아가 질리언을 이름난 대도시 칼데움으로 불렀고, 여급은 초토화된 고향을 떠나 새 출발을 할 기회를 붙잡았다.

칼데움에서 아드리아는 레아를 낳아 질리언에게 맡겼다. 마녀 아드리아는 그 길로 사라져서 다시는 돌아오지 않았다. 그 후 질리언은 고생스러운 나날을 보냈다. 내가 몇 년 후 찾아갔을 때 그녀는 다른

사람이 되어 있었다. 공허하고 차갑고 멍했다. 사악한 목소리에 제정신이 아니게 된 그녀는 레아를 위험한 존재로 생각하고 있었다.

　　광기의 손아귀에 사로잡힌 질리언은 밤중에 자기 집에 불을 질러 레아와 나를 죽이려 했으나, 다행히도 우리는 모두 무사히 불길을 빠져나왔다. 이 사건 이후로 내가 레아를 돌보게 되었다. 안타깝게도 질리언은 구할 도리가 없었다. 도시 경비대가 그녀를 칼데움의 정신병원에 가두었다.

그리스월드 (사망)

그리스월드는 디아블로가 해방되기 몇 년 전에, 대장장이로 자리 잡을 새로운 터전을 찾아 트리스트럼으로 왔다. 공포의 군주 그림자가 마을에 드리웠을 때, 이 건장한 사나이는 대성당 지하에서 악마 무리와 전투를 벌이다가 심한 상처를 입어 싸울 수 없게 되었다. 그럼에도 그리스월드는 아이단 왕자와 동료들을 도와 트리스트럼에서 악을 몰아내기 위해 최선을 다했다. 그러나 끝내 지옥의 종자들은 대장장이를 죽이고 그 시체를 되살려 잔인한 괴물로 변화시켰다.

하드리엘

하드리엘과 나의 관계, 필멸자 영웅을 돕기로 한 그의 결정에 대한 케인의 가설은 옳다.

내 동료들은 메피스토의 영혼석을 파괴하고 디아블로를 처치하기 위해 불타는 지옥을 탐험할 때 하드리엘이라는 천사에게 도움을 받았다고 말했다. 그는 누구이며, 왜 지옥에 나타났을까? 개인적으로 나는 하드리엘이 티리엘의 부하였다고 믿는다. 대천사가 성역에 개입했다는 사실을 알게 된 그는 자발적으로 지옥으로 가서, 위험천만하고 구불구불한 길을 걷는 내 동료들을 도왔을 것이다. 그러나 이것은 나의 추측에 지나지 않는다. 최근에는 하드리엘에 대한 이야기를 들은 적이 없기 때문이다.

히드리그 에이먼

대장장이 히드리그 에이먼은 따뜻하고 시원스러운 친구다. 그를 보면 그 조부, 즉 트리스트럼 암흑기에 레오릭 왕을 섬겼던 에이먼 서기관이 생각난다. 그러나 그 끔찍한 시기에 히드리그는 칼데움에 있었다. 그가 아내와 유망한 수습생을 데리고 칸두라스에 와서 신 트리스트럼에 정착한 것은 훨씬 후의 일이었다. 나는 히드리그가 대장장이 일에 쏟아붓는 정성과 세심함에 놀란다. 아무리 시시한 일이라도 마찬가지다. 실로 대단한 재능을 지닌, 앞날이 창창한 사나이다.

대장장이 헤파스토

헤파스토는 불타는 지옥의 모순이다. 이 덩치 큰 악마는 바알의 종자인 만큼, 손에 닿는 것을 모조리 파괴하려는 욕망으로 불타오른다. 그러나 헤파스토는 이와 동시에 창조하는 능력을 지니고 있다. 그는 불타오르는 지옥의 대장간에서 일을 하며, 악마 전우가 전투에서 사용할 무기를 제작했다. 자신의 파괴적인 본성을 다스려 자기가 만드는 무기에 불어넣는 것인지도 모른다. 이 덩치는 자신의 피조물이 막대한 죽음과 살육을 야기한다는 사실에 대단한 자부심을 느꼈다고 전해진다.

거의 스무 해 전, 필멸자 용사 한 무리가 지옥의 대장간에 침투해 헤파스토를 쓰러뜨렸다. 고대 비제레이 문헌에 따르면, 악마들은 죽은 후에도 자신의 피폐한 영토에서 다시 태어난다고 한다. 그게 사실이라면 지옥의 대장장이는 언젠가 돌아올지도 모른다.

호라존

호라존은 비제레이 마법단의 마법학자로, 역사상 가장 위대한 마법학자라 해도 손색이 없을 것이다. 그에게는 악마에 대한 철학이 있었으니, 악마를 소환하면 그 의지를 파괴해 완전히 지배해야 한다는 것이었다. 그러나 호라존은 결국 악마를 이용하면 인류가 파멸할 것임을 깨닫게 되었다.

큰 희생이 따른 마법단 전쟁(이에 대해서는 다른 글에서 언급했다)에서 바르툭과 끔찍한 전투를 치른 후에, 호라존은 사회에서 모습을 감추고 비전의 성역이라는 요새를 건설해 비전의 비밀을 연구했다. 그가 아직 살아 있는지는 모르겠으나, 호라존이 지녔던 그 막대한 힘을 생각하면 그가 수명을 연장하는 방법을 발견했다고 해도 이상할 것이 없다.

이벤 파드 (사망)

이벤 파드는 아무이트 마법단 출신의 유능한 호라드림 마법학자였다. 그는 졸툰 쿨레의 기록보관소에 침투해 미친 마법사를 처리한 용감한 인물 중 하나였다. 호라드림 문헌에 따르면, 이벤은 쿨레의 머리를 숨기는 끔찍한 임무를 맡았다고 한다.

이주알

> 이주알은 실제로 대악마의 부름을 받아 돌아왔다. 내 동료들은 나와 이주알이 친구로서 거닐던 드높은 천상에서 그를 꺾었다.

이주알의 이야기를, 불타는 지옥의 힘은 질서의 화신인 천사조차도 혼돈에 빠뜨릴 수 있음을 보여주는 본보기로 삼아라…….

　　　대천사 티리엘의 충직한 부관이었던 이주알은 지옥을 습격하던 중에 사로잡혔다. 그 후 세 대악마가 천사에게 끔찍한 고문을 가했다. 이주알이 악마 포획자에게 영혼석과 관련된 비밀을 넘겨주었다고도 전해진다.

　　　거의 스무 해 전 내 필멸자 전우들은, 디아블로와 싸우기 위해 지옥을 탐험하다가 타락한 이주알을 쓰러뜨렸다. 그러나 악마가 그런 저주스러운 능력을 지닌다는 소문이 있는 만큼, 나는 그도 언젠가는 지옥에서 다시 태어나지 않을까 생각한다.

제이콥 스탈레크

> 제이콥은 이제 엘드루인을 지니고 있지 않다. 내가 드높은 천상으로 돌아간 후 정의의 검을 불렀기 때문이다.

최근에 나는 북방 마을 스탈브레이크에서 태어나고 자란 제이콥이라는 자에 대한 이야기를 들었다. '올빼미'라는 야만용사 부족이 악마적인 격노를 유발하는 역병에 감염된 채, 마을을 거듭 공격하며 주민에게 타락을 퍼뜨리고 있었다. 이야기에 따르면, 제이콥은 끔찍한 역병에 감염된 아버지를 자기 손으로 죽일 수밖에 없었다고 한다. 그 결과 젊은이는 살인죄로 쫓기게 되었다. 궁극적으로 그는 역병을 퍼뜨린 악마, 말루스를 무찔러 명예를 되찾았다.

　　　이 이야기에서 놀라운 점은, 제이콥이 티리엘이 소유했던 전설적인 정의의 검 엘드루인을 들었다는 점이다. 어떻게 그럴 수가 있었을까? 추측하자면, 티리엘이 세계석을 파괴했을 때 천상의 검이 서쪽 땅으로 날아가 내버려진 것이 아닌가 생각된다. 그 연유야 어떠하든, 이 남자는 엘드루인을 휘두를 만큼 정의로운 마음을 지닌 것이 틀림없다.

자즈레스 (사망)

트리스트럼 암흑기에, 비제레이 마법학자 자즈레스는 악마가 존재한다는 소문에 이끌려 우리 마을을 찾아왔다. 그러나 그는 디아블로의 종자들과 싸우며, 그 마음에 깃들었던 용맹심과 자제심을 서서히 잃어갔다. 그는 스스로 소환사라 칭하고, 호라존이 건설했다는 전설적인 비전의 성역을 찾고 그 비밀을 훔쳐서 막대한 힘을 손에 넣을 목적으로 길을 떠났다. 다행히도 그는 그 목표를 이루기 전에 죽었다.

제레드 케인 (사망)

호라드림, 악마, 천사, 각종 유물에 대한 나의 지식은 상당 부분 제레드 케인이 내게 전수한 꼼꼼한 기록에서 비롯한 것이다. 이상하게도 나는 조상의 젊은 시절에 대해서는 잘 알지 못한다. 그러나 그가 위대한 비제레이 마법학자였다는 사실만큼은 반박의 여지가 없다. 일부 기록에 따르면 그는 어릴 때 끔찍한 사건을 겪었다고 한다. 그게 무엇이었는지는 불분명하지만, 제레드는 호라드림을 통해 삶의 의미를 되찾은 것이 아닐까 싶다.

  티리엘의 지시에 따라 내 조상과 전우들은 고된 여정을 시작했다. 다름 아닌 세 악마 사냥, 즉 세 대악마를 찾아서 사로잡는 일이었다. 메피스토와 바알이 패배한 후 제레드는 호라드림의 수장이 되었다. 그는 지혜와 불굴의 결의로 동료 마법학자들을 이끌고 디아블로와 끔찍한 전투를 치렀다. 그 전투의 결과로 디아블로는 진홍 영혼석에 갇히게 되었다. 제레드는 훗날 트리스트럼이 들어서는 지역 근처의 호라드림 수도원에서 여생을 보낸 듯하다.

카리브두스

강령술사들은 스스로를 불타는 지옥과 드높은 천상의 세력 사이에서 균형을 지키는 존재라고 생각한다. 그러나 카리브두스라는 한 강령술사는 이 이상을 추구하기 위해 위험한 길을 걸었다고 한다. 그는 악마 아스트로가를 성역에 소환했다고 전해진다. 아무리 고귀한 목적에서였다 하더라도, 대체 무슨 목적으로 그토록 악랄한 일을 저질렀는지는 짐작하기가 어렵다.

  카리브두스의 동료 강령술사들도 그의 행위가 파멸적이라고 생각했던 듯하다. 그중 한 명인 자일이라는 사람이 결국 카리브두스와 아스트로가를 '거미의 달'이라는 기묘한 유물에 가두었다.

카샤

카샤는 '보이지 않는 눈의 자매'의 군대를 지휘한다. 나는 그 기량을 직접 목도했으며, 카샤가 이 집단이 배출한 최고의 궁수라고 생각한다. 카샤는 또한, 전략과 전술에 있어서도 타의 추종을 불허하는 재능을 지니고 있다.

케르

아리앗 산이 파괴된 후로, 야만용사들은 근심에 잠겨 세상을 떠돌았다. 그러나 아직도, 목적과 명예를 지키며 살기 위해 애쓰는 이가 많다. 케르도 그런 사나이다. 그는 카즈라의 공격에 시달리는 칸두라스 북쪽의 산길 '강철의 길'을 지키고 있다. 케르의 흔들리지 않는 감시 하에, 이 길은 누구나 안전하게 통행할 수 있는 길이 되었다.

켈릭 (사망)

켈릭은 올빼미 부족의 막강한 야만용사 족장이었다. 어느 시기에(정확한 시기에 대해서는 사료의 기록이 일치하지 않는다.) 악마 말루스가 이 위풍당당한 전사에 빙의해 끔찍한 분노의 역병을 퍼뜨리기 시작했다. 제이콥 스탈레크라는 젊은이가 대천사 티리엘의 정의의 검으로 무장하고 일전을 벌인 끝에 켈릭을 무찔렀다. 그때는 이미, 말루스가 야만용사 족장의 몸뚱이를 순수한 증오로 들끓는 흉측한 그릇으로 변형시킨 후였다.

코르시크 (사망)

코르시크는 라키스의 아들이자 서부원정지의 두 번째 왕이었다. 그는 치세 중에 북방 야만용사 부족의 공격을 막기 위해 철벽의 성채를 건립하라는 명을 내렸다. 코르시크는 훗날 군대를 집결시켜 아버지조차 실패한 위업을 이루기 위해 대담하게 출사한다. 다름 아니라, 야만용사 부족을 영원히 궤멸하는 위업이었다. 그러나 왕은 이 전쟁 중에 그토록 증오하던 적의 손에 불명예스러운 죽음을 맞이했다고 전해진다.

라크다난 (사망)

나는 라크다난을 애틋하게 기억한다. 그는 레오릭 군대의 대장으로, 정의로운 사람이었다. 트리스트럼의 군주가 디아블로의 힘에 굴복하자, 라크다난은 어둠의 물결로부터 마을을 지킬 방법이 달리 없음을 알고 주군을 자기 손으로 죽였다.

    라크다난과 충성스러운 동지들은 트리스트럼 대성당 지하에 왕을 묻었으나, 그 다음에 일어난 일은 수수께끼다. 레오릭이 해골 왕으로 되살아나 라크다난과 전우들에게 저주를 걸었다는 설이 있다. 대장은 자신의 마음을 좀먹는 악을 트리스트럼의 죄 없는 주민에게 퍼뜨리느니, 마지막 날까지 대성당의 지하 묘지를 배회하기를 택했다고 한다.

라자루스 (사망)

나는 가끔 라자루스의 악몽에 시달려 한밤중에 잠을 깨곤 한다. 이 야비한 인간에 대해 무슨 말을 할 수 있을까? 그는 자카룸교의 대주교로, 교단의 신자 중 대악마의 영향으로 돌이킬 수 없을 정도로 타락한 최초의 인간이었을 것으로 생각된다. 라자루스는 대단한 달변가로, 그 말솜씨를 이용해 레오릭의 신뢰를 얻었다. 실제로 레오릭이 트리스트럼으로 떠나 스스로 칸두라스의 왕이라 칭한 데는 라자루스의 힘이 크게 작용했다.

라자루스는 트리스트럼에 도착하자 진홍 영혼석에 갇힌 디아블로를 해방시켰고, 뒤따른 사건으로 인해 무고한 자가 수도 없이 죽어 나갔다. 대주교는 훗날 아이단 왕자의 손에 죽는다. 그러나 내가 자비와 지혜를 가장했던 라자루스의 허울을 간파했다면 얼마나 많은 목숨을 구할 수 있었을지, 나는 이날까지도 곱씹는다.

리밍

가끔 칼데움의 이샤리 성소에 전도유망한 학생이 입학했다는 소문이 들려오곤 한다. 시안사이 출신의 젊은 여인 리밍이 가장 최근의 사례일 것이다. 이 여인은 비전 지식에 대한 끝없는 욕심과 마법에 대한 어마어마한 소질을 지니고 있다고 한다. 그녀가 시간이 흐르며 그 막대한 힘을 지혜롭게 절제하며 사용하는 법을 배우기를 바랄 뿐이다.

루시온

루시온은 메피스토의 그릇된 아들이다. 남매 관계인 릴리트와는 달리 그는 무조건적으로 아버지에게 복종했다. (적어도 겉보기에는 그랬다.) 루시온은 대악마의 지시에 따라 성역의 세계로 와서 삼위일체단을 창립했다. 이는 언뜻 보면 자애로운 종교였지만, 그 진짜 목적은 인류의 마음에 어둠을 심는 것이었다. 그런 다음 메피스토의 아들은 교단의 영적 지도자가 되어 스스로 절대자라 칭했다.

루시온이 이 거사를 위해 필멸자의 형상을 취했다는 점은 특기할 만하다. 칼란의 책에서 그는 지도력과 지혜를 겸비한 인물이자, 홀릴 듯 감미로운 목소리의 소유자로 묘사된다. 훗날 네팔렘 울디시안 울디오메드가 추종자 무리와 함께 삼위일체단을 공격하자 루시온은 진정한 악마의 형상을 드러낸다. 그러나 이 악마의 막대한 힘조차도 네팔렘 군단의 위용 앞에서는 무력했다.

마그다

마그다와 그녀의 출신에 관해서는 어두운 소문과 거짓이 난무한다. 그러나 마그다가 마술에 능하다는 사실과, 삼위일체단의 전통을 계승한 이단인 마녀단의 수장이라는 사실은 확실하다. 마그다는 불타는 지옥의 군주들을 달래기 위해서라면 무엇이든 하고 누구든 희생시킨다. 이런 불편한 사실을 제외하면, 이 여자의 과거는 수수께끼로 남아 있다.

말릭 (사망)

죄악의 전쟁 시대에 인간인 말릭이 대악마의 손아귀에 떨어졌다. 그는 삼위일체단의 충복이 되어 대사제라는 높은 지위에 올랐다. 불타는 지옥의 군주들은 충성의 대가로 말릭에게 상을 내렸다고 한다. 부자연스럽게 긴 수명도 그중 하나였다. 칼란의 책에 따르면 그는 겉보기에는 잘생기고 건장한 남자였다고 한다. 그러나 그 허울 뒤의 말릭은 허약하고 괴상했다.

    죄악의 전쟁 중에, 그는 릴리아라는 필멸자를 가장해 네팔렘을 조종하던 악마 릴리트에게 산 채로 찢겼다. 거짓의 장막으로 스스로를 감싸고 무고한 사람을 속인 자에게 어울리는 최후였다고 생각한다.

말루스

나는 말루스가 메피스토의 종복이라고 여기지만, 이는 나의 추측에 가깝다. 그러나 이 악마가 트리스트럼 암흑기 직후에 성역의 세계에 와서 야만용사 부족 사이에 역병을 퍼뜨렸다는 사실만큼은 확실하다. 필멸자는 말루스의 피에 닿기만 해도 맹목적이고 잔인한 분노에 사로잡혔다고 한다. 제이콥 스탈레크라는 젊은이가 마침내 악마를 물리치고, 이 괴물과 흉악한 역병을 지옥의 구덩이로 돌려보냈다.

멘델른

멘델른은 울디시안 울디오메드의 동생이었다. 내가 발견한 한 기록에 따르면, 그는 전설 속 네팔렘 라트마와 교우했으며 그 현명한 존재의 가르침에 따라 강령술사가 되었다고 한다. 최근에 나는 이 남자에 대해 놀라운 사실을 발견했다. 바로 '칼란의 책'을 쓴 수수께끼의 인물 칼란이 그의 또 다른 이름이었다는 사실이다. 그가 언제, 그리고 왜 이 이름을 쓰기 시작했는지는 알 수 없다. 그러나 그가 고서에 담아 전수한 지식에 대해 나는 멘델른에게 큰 빚을 지고 있다.

미쿨로프

나는 가레스 라우와 정예 결사단(이에 대해서는 다른 글에서 기술한 바 있다.)을 조사하던 중에 미쿨로프를 만났다. 이 용감한 사나이는 이브고로드의 수도사로, 오랜 세월 가혹하고 엄격한 수련을 거친 끝에 살아 있는 무기가 된 영적인 전사였다. 미쿨로프는 수련하던 중에 호라드림이 다가오는 전투에서 불가결한 역할을 하리라는 예언에 대해 알게 되었다. 예언은 또한, 이 전투에서는 산 자와 죽은 자가 맞설 것이라 했다. 수도사는 이 무시무시한 발견을 하고 나를 찾아왔다. 내가 이 어두운 운명을 막는 데 일조할 거라 믿었기 때문이다.

  그러나 이 세상을 그 예언으로부터 구한 데는 나의 공보다는 미쿨로프의 공이 훨씬 크다. 이 무쌍한 수도사가 곁에 없었다면, 나도 레아도 라우와 그 야만적인 종복의 손에 죽었을 것이다. 나는 미쿨로프에게 내 목숨을 빚졌으며, 언젠가는 그 빚을 갚을 날이 오기를 바란다.

모르베드

최근에 나는 모르베드라는 남자에 대한 이야기를 들었다. 그는 도둑 출신으로 수수께끼의 호롱을 가지고 다닌다고(그것도 손목에 쇠고랑으로 매달고 다닌다고) 한다. 이 사람은 강령술사, 마법사, 성전사, 심지어는 드루이드의 능력을 사용할 수 있다고 한다. 한 사람이 그토록 다양한 마법을 자유자재로 사용할 수 있다니 믿기 힘들지만, 모르베드의 존재 자체를 의심하지는 않는다. 실제로 성역을 누비며 곤궁한 사람을 돕는다는 이 남자에 대한 소문을 여러 번 들은 바 있다. 그 저의에 대해 말하자면, 과거에 저지른 끔찍한 죄에 대한 속죄로 타인을 돕는 듯하다.

모레이나 (사망)

트리스트럼 암흑기에, 두건으로 얼굴을 가린 인물이 불타는 지옥의 세력과 싸우기 위해 트리스트럼으로 왔다. 여인의 이름은 모레이나로, 보이지 않는 눈의 자매에 소속된 뛰어난 도적이었다. 마침내 트리스트럼에서 악이 사라지자, 이 용감한 여인은 다시 도적의 근거지로 돌아갔다. 그러나 그 마음속에서는 어둠의 씨앗이 싹트고 있었으니, 광기가 고결한 정신을 고요히 좀먹기 시작했다. 여인은 '핏빛 큰까마귀'라는 이름을 취해 고위 악마 안다리엘과 손을 잡고 동료 도적들을 공격하다가 죽임을 당하고 만다.

나탈랴

나탈랴는 원래 변절한 마법학자를 추적해 죽이는 암살자 집단, 비즈자크타르 소속이었다. 최근에는 그 집단을 떠나, 성역의 땅에서 불타는 지옥의 종자를 박멸하는 데 헌신하는 전사인 악마사냥꾼이 된 듯하다.

니흘라탁 (사망)

니흘라탁은 야만용사 가운데 존경받던 인물로서 장로 의회의 일원이었다. 바알이 아리앗 산을 향해 살벌한 기세로 진군을 시작했을 때, 이 고결한 지도자의 의회는 대응책을 의논하기 위해 모였다. 그리고 고대의 위험한 주문을 외워, 바알과 아리앗 산 사이의 마지막 보루인 하로가스에 결계를 치기로 했다. 의회의 장로들은 이 계획을 헌신적으로 실천하다가 죽어갔다.

니흘라탁만 제외하고 말이다.

바알이 야만용사 영토를 횡단하는 동안 니흘라탁은 끊임없이 불안에 시달렸다. 그는 사람들이 죽어가는 모습을 목도하고, 지옥군의 약탈로 고향이 돌이킬 수 없게 오염되는 모습을 목도했다. 결국 그는 이 역경 속에서 부족의 전멸을 막으려면 바알과 거래하는 수밖에 없다는 결단을 내렸다. 그래서 니흘라탁은 하로가스를 내버려두는 조건으로 바알에게 '고대인의 유품'을 넘겨주는데, 이는 아리앗의 방어를 뚫고 정상에 이르는 데 필요한 유물이었다.

그 의도는 고결했을지라도 니흘라탁의 이런 행위는 바알이 세계석을 타락시키는 데 일조했고, 뒤따른 사건으로 아리앗은 완전히 파괴되기에 이른다. 니흘라탁 자신은 바알과 부정한 계약을 맺은 후 악으로 뒤틀려, 산이 파괴되기 전에 최후를 맞이했다.

노르 티라지 (사망)

비제레이 마법학자 노르 티라지는 호라드림에서 가장 방대한 저작을 남긴 학자였다. 그는 여러 문헌에서 시종이라 일컬어지는데, 그로 미루어 보면 처음부터 호라드림의 일원은 아니었던 듯하다. 내가 파악한 바에 따르면, 그는 세 악마 사냥 후에 칸두라스에 기거하며 나의 조상 제레드 케인과 함께 그곳의 거대한 호라드림 서고를 채워나갔다.

노렉 비자란

내가 보물사냥꾼이자 용병인 노렉 비자란에 대해 처음 들은 것은, 서부원정지를 찾아갔을 때였다. 그곳의 한 동료 학자가 이 남자에 대한 이야기를 들려주었다. 비자란은 비제레이 마법학자에게 고용되어 활동하다가, 피의 군주 바르툭의 저주가 서린 갑옷을 우연히 발견했다. 이 갑옷을 걸친 비자란은 죽음에 대한 욕망에 사로잡혀 동료들을 배신했다. 비자란이 갑옷의 사악한 힘에 매인 동안 얼마나 많은 사람을 죽였는지는 모르지만, 동료의 이야기에 따르면 그는 가까스로 그 저주에서 벗어났다고 한다.

오그덴 (사망)

오그덴은 트리스트럼 해돋이 여관의 주인으로, 대부분의 주민과 친구로 지낸 마음이 따뜻한 사나이였다. 비극적인 일이지만, 그와 그의 아내 가르다는 둘 다 트리스트럼에 악마의 물결이 밀어닥쳤을 때 다른 주민을 구하려다가 목숨을 잃었다.

오르드 레카르 (사망)

오르드 레카르는 야만용사 장로 의회의 당당하고 고귀한 일원이었다. 나는 그가 이 의회의 주춧돌로, 그 지혜와 힘을 상징하는 존재였다고 생각한다. 레카르는 쇄도하는 바알의 악마군으로부터 하로가스를 지키기 위해 전우들과 함께 결계 주문을 외워 스스로 목숨을 버렸다.

오르무스

나는 오르무스를 거의 스무 해 전 쿠라스트의 부두에서 만났다. 그의 말투는 매우 기묘했는데, 내 전우들은 그 말투가 광기에 기인한 것이라 치부했다. 그러나 개인적으로는 오르무스가 현명하고 유능한 마법학자가 아니었을까 싶다. 그가 사용하던 주문을 보면, 그가 계시와 응시 등 고대 스카침 점술 의식에 뿌리를 둔 능력을 주로 사용하는 타안 마법단의 일원임을 알 수 있다.

페핀 (사망)

페핀은 내가 트리스트럼에서 가까이 사귀던 친구다. 그는 오랫동안 약과 치유를 연구한 자상한 사람이었다. 그는 트리스트럼 암흑기에 그 솜씨를 발휘해 여러 목숨을 구했다. 나는 나중에 페핀이 악마 무리의 손에 죽어가는 모습을 목도했다. 그 끔찍한 장면을 여기서 상세히 묘사하지는 않겠다. 그 장면이 내 머리에 각인되어 있으며 그것이 마지막 날까지 나를 따라다닐까 두렵다는 말로 족하리라.

핀들스킨 (사망)

무시무시한 해골 핀들스킨에 대한 이야기가 처음 내 귀에 들어온 것은, 바알이 아리앗 산을 공격하던 때쯤이었다. 그 이후로 나는 이 괴물의 정체를 파악하기 위해 애를 썼다. 개중에 가장 흥미로운 이야기는 유명한 야만용사 족장에 얽힌 이야기다. 몇 세기 전, 케지스탄 장군 라키스가 아리앗 산의 주변 지역을 침입했다. 그의 군대는 야만용사 부족과 충돌해 패퇴했으나, 야만용사 부족도 그 대가로 큰 피해를 입었다. 핀들스킨은 본래 이 강력한 야만용사 수장의 유해로, 바알의 군대에 만연한 더러운 마법의 힘으로 무덤에서 일어난 것으로 추정된다.

쿠오브 친 (사망 추정)

쿠오브 친은 고대 도시 우레를 발견한 비제레이 마법학자였다. 놀랍게도 그는 이 도시를 찾았을 뿐만 아니라 세상을 등지고 운둔하던 우레의 통치자 주리스 칸도 만난 듯하다. 그러나 쿠오브가 이 여행을 마치고 돌아왔다는 기록은 없다. 그에 따라, 언제인가 전설적인 우레의 회당에서 숨을 거둔 것으로 추정된다.

라카니슈

몰락자는 무의미한 파괴를 일삼는 야비하고 난폭한 생물이다. 비제레이의 기록(그리고 나의 관찰)에 따르면 이들은 좀처럼 혼자 다니지 않는다고 한다. 이들은 무리 동물이며, 따라서 하나의 무리 안에서 특정 몰락자가 지배적인 자리를 차지할 수밖에 없다. 그중 제일 이름난 두목이 라카니슈이다. 그는 유난히 잔인한 몰락자로, 그의 야만적인 족속조차도 그를 두려워하고 공경한다.

절망의 군주 라카노트

대악마는 드높은 천상을 공격할 때 이주알과 함께 라카노트도 소환했다.

라카노트는 불타는 지옥에서 절망의 평원을 다스리던 고문의 달인이다. 고뇌의 여제 안다리엘을 섬기다가 현재는 다른 주군을 섬긴다고 전해진다(그러나 그게 누구인지는 알 수 없다). 일부 비제레이 고서에 따르면, 라카노트가 사로잡힌 천사 이주알의 간수였다고 한다. 그는 오랫동안 포로에게 온갖 고통스럽고 기기묘묘한 고문을 가했다.

럼퍼드

부지런한 농부 럼퍼드는 내가 신 트리스트럼에서 만난 여러 훌륭한 인물 중 한 명이다. 그는 겸손하고 내성적인 사람이지만, 그게 전부는 아닌 것 같다. 그의 조상이 라키스의 충성스러운 부관을 지내고 말년에 칸두라스에 정착한 군인이라는 이야기를 들은 적이 있다. 럼퍼드가 아는지 모르는지 몰라도, 나는 럼퍼드의 핏줄에 지도자의 피가 흐른다고 생각한다.

> 내가 성역에 떨어지고 망자가 무덤에서 일어났을 때
> 럼퍼드는 신 트리스트럼의 주민을 지키기 위해
> 용맹스럽게 목숨을 바쳤다.

산케쿠 (사망)

산케쿠는 자카룸교의 최고위 성직인 쿠에헤간의 자리에 올랐던 인물이다. 따라서 한때는 성역에서 가장 강력한 필멸자였다고도 할 수 있다. 그가 명령만 하면 수천 명의 광신적인 신자가 즉시 응했다. 산케쿠는 그 치세 중에 메피스토의 영향에 굴복하고 말았다. 증오의 군주는 쿠에헤간을 완전히 지배해 그의 몸뚱이를 흉측한 악마의 모습으로 변형시켰다.

샤나르

샤나르는 '마법사'라 불리는 반항적인 비전 마법 수련생 중 하나다. 내가 그 이름을 처음 접한 것은 제이콥 스탈레크(이 이야기는 다른 글에서 기술한 바 있다)의 이야기에서였다. 그녀는 언제인가 수정 회랑의 본질과 성역에 존재하는 천사의 공명을 연구하기 위해 길을 떠난 듯하다. 실마리를 따르던 그녀는 티리엘의 잃어버린 검, 엘드루인이 잠든 장소에 이르렀다. 샤나르는 이 전설적인 유물에 흘러넘치는 에너지에 갇혔다가, 마침내 제이콥이 나타나 검을 들었을 때 풀려났다. 이 일을 계기로 마법사는 젊은이와 함께 싸웠지만, 그 목적이 무엇이었는지, 그리고 그녀가 그 후에도 수정 회랑에 대한 연구를 계속했는지에 대해서는 아는 바가 없다.

탈 라샤 (사망)

내 조상 제레드 케인과 마찬가지로, 탈 라샤의 근본은 파악하기가 어렵다. 그의 삶에 대해서는 숱한 사료가 존재하지만, 그 진위를 어떻게 가릴 것인가? 일부 문헌에서 그는 아무이트 마법단 최고의 환영술사로 묘사된다. 일부는 그가 비제레이, 또는 심지어 타안이었다고 전한다. 부인할 수 없는 사실이한 가지 있다면, 그가 용맹스러운 인간이었다는 점이다. 대천사 티리엘이 세 악마 사냥 때에 그를 호라드림의 수장으로 택한 것도 그 때문이리라.

    탈 라샤는 결사단이 아라녹 사막에서 바알과 대적했을 때 자신의 용기를 증명했다. 전투가 한창일 때 파괴의 군주를 가둘 호박 영혼석이 산산조각이 난 것이다. 탈 라샤는 자신의 몸을 희생해 파괴의 군주를 가두기로 결단했다. 수장의 지시에 따라, 호라드림은 바알을 영혼석의 가장 큰 파편에 가둔 다음 그것을 탈 라샤의 몸에 박아 넣었다. 그리고 마법학자들은 탈 라샤를 사막의 모래 밑의 지하 무덤에 봉인했다.

    세 세기에 이르는 세월이 흐른 후, 디아블로는 바알을 감옥에서 해방시킨다. 그때는 이미, 한때 그의 몸뚱이였던 메마른 껍데기 외에는 탈 라샤의 진정한 모습이 남아 있지 않았으리라.

발라

악마사냥꾼은 아리앗 산이 파괴된 후에 형성된 집단으로, 비교적 역사가 짧다고 할 수 있다. 그럼에도 나는 성역에서 악마의 세력을 몰아내기 위한 악마사냥꾼의 활동과 관련해 여러 가지 이야기를 들은 바 있다.

    최근에 신 트리스트럼을 지나던 한 여행자가 서부원정지 출신의 발라라는 출중한 악마사냥꾼에 대해 전해주었다. 발라는 아직 어릴 때 불타는 지옥의 종자들에게 가족을 잃은 듯하다. 이 끔찍한 사건으로 그녀는 완전히 변해버렸고, 모든 악마를 상대로 복수를 다짐하게 되었다. 한번은, 어린아이의 정신을 비틀어 친구와 가족을 살해하도록 만드는 음흉한 괴물을 쫓아서 죽인 적도 있다고 한다. 이 전투 중에 발라의 정신이 잠시 악마의 정신과 융합되었다고 한다. 그 순간 그녀가 무슨 참상을 목도했는지는 상상할 수 없지만, 결국은 승리했다는 사실만 보아도 그녀가 지옥의 악마를 처치하는 데 얼마나 큰 회복력과 소질을 지녔는지 알 수 있다.

와리브

상단 주인 와리브는 내가 책으로만 배운 이국의 각지를 두루 여행했다. 비록 나중에 각자의 길을 가기는 했으나, 나는 트리스트럼이 몰락한 후 잠시 그와 함께 여행할 기회가 있었다. 그가 그동안 어떻게 변했을지 궁금하다. 나는 그를 믿음직한 동료로 여기며, 언젠가 그가 칸두라스로 돌아오면 다시 만나서 이야기할 수 있기를 바란다.

워트 (사망)

워트는 트리스트럼에 어머니 캐네스와 함께 살았던 얌전한 남자아이다. 디아블로가 풀려난 후, 악마들이 아이를 납치해 대성당 아래의 납골당으로 끌고 갔다. 대장장이 그리스월드가 목숨을 걸고 워트를 구했지만, 아이의 왼쪽 다리는 지옥의 종자들에게 뜯긴 후였다. 이 사건 후로 아이의 분위기는 부쩍 어두워졌다. 트리스트럼 주민이 대부분 그랬듯이, 워트는 나중에 게걸스러운 악마 무리에게 살해당한다.

자작스

자작스는 거짓의 군주 벨리알을 섬기는 교활하고 기만적인 악마다. 갈레오나라는 이름의 변덕스러운 원소술사가 사마귀처럼 생긴 이 악마를 성역으로 소환했다고 한다. 그 목적은 바로 피의 군주 바르툭의 저주가 서린 갑옷을 찾는 것이었다. 불행히도, 자작스가 이 불길한 일에 성공했는지, 아직도 필멸자의 세상을 배회하는지에 대해서는 전혀 들은 바가 없다.

자일

어느 기록을 보아도, 강령술사 자일은 학파의 철학을 충실히 따르며, 지옥이나 천상의 세력이 필멸자의 세상에 과도한 영향을 발휘하지 못하도록 끊임없이 감시하고 있다고 했다. 그는 또한 견문이 넓고 학식이 깊은 사람으로, 잃어버린 도시 우레로부터 서부원정지 왕국에 이르기까지 여러 지역에서 활약했다는 이야기가 전해진다. 이런 이야기에서 그는 항상, 악마 소환 등의 사악한 마법에 손대는 자들을 막는 역할을 한다.

자일은 기묘하고 강력한 유물 몇 가지를 지니고 있다고 전해진다. 그중 하나는 해골인데, 험바트 웨셀이라는 용병의 영혼이 깃들어 있다고 한다. 강령술사에게 영혼과의 대화는 일상이지만, 그 대화는 일시적인 것에 그치는 경우가 많다. 그런 면에서 자일이 영혼이 깃든 해골을 지니고 다닌다는 점은 흥미롭다.

제불론 1세 (사망)

제불론 1세는 자카룸 역사의 위대한 쿠에헤간이었다. 그는 대대적인 개혁을 감행했고, 그 결과 교회의 막대한 권력이 약화되고 케지스탄의 서민에게 보다 큰 신앙의 자유가 주어졌다. 일부 사료에 따르면, 제불론은 자카룸교의 창시자, 아카라트의 환영을 본 후에 그런 결단을 내렸다고 한다.

조타

미쿨로프는 내게 이브고로드의 신성 전사, 즉 수도사는 각자 하나의 신을 수호신으로 섬긴다는 이야기를 한 적이 있다. 그는 특히 젊은 수도사인 조타에게 흥미를 느낀다고 했는데, 그가 감정, 직관, 생명을 관장하는 강의 신 '이밀'을 섬기기 때문이었다. 이는 수도사 가운데서 흔치 않은 결단이었는데, 이들은 대개 산의 신 자임이나 불의 신 이타르에 근거하는 힘과 의지를 중시하기 때문이다.

    그러나 아무리 상상해도 조타의 선택이 나약한 것이었다고는 할 수 없다. 나는 최근에 그의 스승이 불굴의 아키예프라는 사실을 알게 되었다. 그는 이브고로드에서 가장 엄격하고 까다로운 수도사라는 데 모든 기록이 의견을 같이한다. 수련생 중에는 그의 잔인한 훈련법 때문에 심각한 부상을 입는 자도 (소문에 따르면 죽는 자도) 많다고 한다. 조타가 스승의 시련을 모두 견뎌냈다면, 그는 분명 수완과 기개가 남다른 사람일 것이다.

결론

호라드림이여, 나는 이에 너희에게 이 책과 그 안의 지식을 전한다. 이 책에 살을 붙여라. 이 책을 너희 것으로 만들어라. 이 책을 영광스럽고 새로운 호라드림의 유산을 축적하는 데 주춧돌로 이용해라.

나는 우리의 미래에 무슨 일이 있을지, 우리가 어떤 끔찍한 상황과 씨름하게 될지 알지 못한다. 너희 중 일부는 앞으로도 내 곁에 남아 있을 것이다. 일부는 내가 임무를 맡겨 필멸자 세계의 머나먼 지역으로, 또 그 너머로 보낼지도 모른다.

그러나 무슨 일이 닥치든, 우리의 길이 아무리 갈라지든, 우리는 호라드림으로서 함께한다는 사실을 기억해라. 그 이름이 우리를 하나로 묶는다. 그 이름이 우리에게 새로운 목적을 부여하고, 한낱 인간이 아닌 보다 큰 존재로 변화할 수 있게 한다.

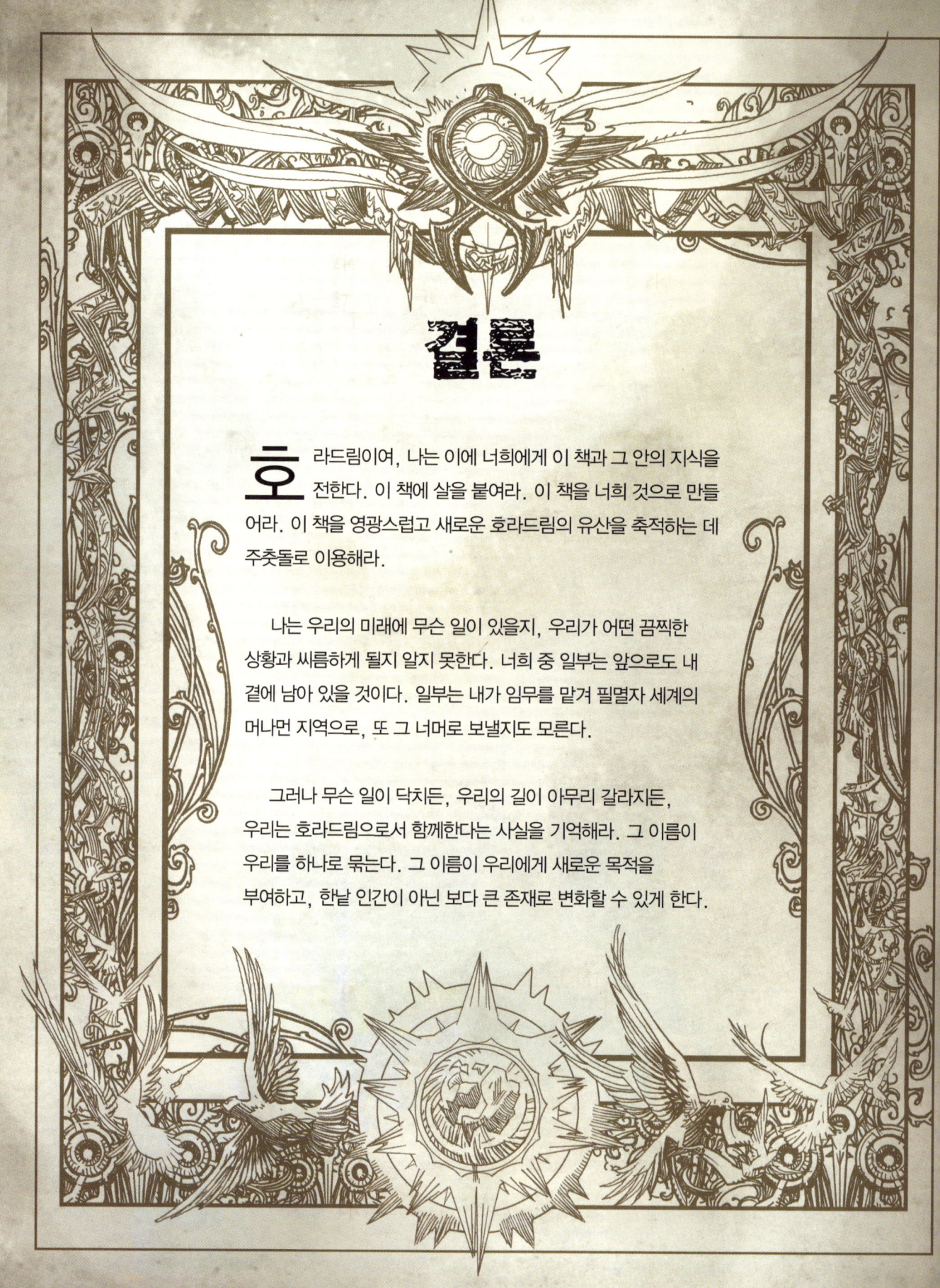

우리는 필멸자다. 우리의 인생은 기나긴 영겁에 비하면 짧은 섬광에 지나지 않는다. 그러나 우리가 전수하는 호라드림의 지식으로, 우리가 신조를 지키기 위해 내리는 선택으로, 우리는 존재의 찰나적인 본질을 초월할 수 있다. 우리가 세상을 떠난 후에도 한참을 불타는, 희망과 용기의 봉화가 될 수 있다.

탈 라샤, 제레드 케인, 최초의 호라드림은 이 사실을 알았다. 데커드와 레아도 알았다. 그들은 쓰러졌으나, 그들에게서 가르침을 구하지 않는 이가 너희 중에 있더냐? 그들이 치른 희생과 그들이 이룬 용맹스러운 공적을 자랑스러워하지 않는 이가 너희 중에 있더냐? 그들은 필멸의 족쇄에 얽매이지 않고 우리를 통해 계속 살아간다.

너희 하나하나의 마음속에도, 이 영웅들을 위대한 존재로 만든 그 같은 힘, 그 같은 잠재력이 존재한다. 그 자리를 찾아라. 그것을 빛으로 삼아 이 어두운 시대를 헤쳐 나아가라.

그리고 무슨 일이 일어나더라도 내가 너희와 함께한다는 사실을 늘 기억해라.

—티리엘

JEU Media

Copyright © 2014 Blizzard Entertainment, Inc. All rights reserved. Diablo III and Blizzard Entertainment are trademarks or registered trademarks of Blizzard Entertainment, Inc. in the U.S. and/ or other countries.

이 책의 한국어판 저작권은 Blizzard Entertainment와 독점 계약한 '제우미디어'에 있습니다. 저작권법에 의해 한국 내에서 보호를 받는 저작물이므로 무단 전재와 복제를 금합니다.

티리엘의 기록

초판 1쇄 | 2014년 10월 13일

지은이 | Matt Burns, Doug Alexander
옮긴이 | 유정우

펴낸이 | 서인석
펴낸곳 | 제우미디어
출판등록 | 제 3-429호
등록일자 | 1992년 8월 17일
주소 | 서울시 마포구 상수동 324-1 한주빌딩 5층
전화 | 02-3142-6845
팩스 | 02-3142-0075
홈페이지 | www.jeumedia.com

ISBN | 978-89-5952-314-6

• 파본은 본사나 구입하신 서점에서 교환해 드립니다.

만든 사람들
출판사업부 총괄 손대현
책임 편집 김용진 | **기획** 전태준, 홍지영, 김혜리, 신한길
디자인 디자인수 | **영업** 김응현, 김영욱, 박임혜
도와주신분 | Jerry Chu, 백영재, 김유수, 양유신, 정 향, 김준형, 블리자드코리아 현지화팀, 커뮤니티팀, 홍보팀

BLIZZARD ENTERTAINMENT

Writings: Matt Burns
Creative Direction, Layout, and Design: Doug Alexander
Additional Story Development: Chris Metzen, Micky Neilson, Brian Kindregan
Additional Art: Victor Lee
Producers: Josh Horst, Kyle Williams, Skye Chandler
Editor: Cate Gary
Lore: Justin Parker
Licensing: Jerry Chu

Special Thanks: Christian Lichtner, John Polidora, David Lomeli, Benjamin Zhang, Peter C. Lee, Leonard Boyarsky, Michael Chu, Valerie Watrous, Evelyn Fredericksen, Sean Copeland, Leanne Huynh, Audrey Vicenzi, Joseph Lacroix

INSIGHT EDITIONS

Publisher: Raoul Goff
Art Director: Chrissy Kwasnik
Executive Editor: Vanessa Lopez
Production Manager: Anna Wan
Editorial Assistant: Elaine Ou

ART CREDITS

The Black Frog—Pages 30, 61, 67, 137, 138, 145, 161
Nicolas Delort—Pages 50, 55, 57, 59, 64, 116, 125
ENrang—Pages 22, 27, 102-103, 122, 128, 148
Riccardo Federici—Pages 111, 131, 146
Gino—Pages 35, 43, 70-71, 76-77, 108-109
John Howe—Pages 38, 41
Joseph Lacroix—Pages 1, 2, 5, 6, 7, 8, 10, 11, 13, 18, 23, 26, 37, 40, 42, 44, 45, 46, 47, 48, 49, 51, 52, 62, 63, 80, 102-103 (background), 114-115 (background), 162, 163, 165, endpapers, bellyband, envelope (exterior and interior)
Iain McCaig—Pages 88-89, 96-97
Jon McConnell—Pages 69, 109 (top and bottom), 110, 112 (top), 113 (left), 114 (center), 115 (top, left, and right), 117, 118, 119, 120, 121, 123, 124, 126, 127

Petar Meseldzija—Pages 12, 19, 100, 105, Red Tree of Khanduras
Jean-Baptiste Monge—Pages 15, 16, 81, 93, 106, 112 (left), 113 (right), 134, 135, 152-153
Glenn Rane—Cover
Ruan Jia—Page 9
Dan Hee Ryu—Pages 20, 21, 24, 25, 29, 32, 33, 34, 36, 72, 73, 74, 75
Adrian Smith—Pages 82-83, 84-85, 86-87, 90-91, 99, 151, 156, 159
Yang Qi—Pages 94-95
Bin Zhang—Pages 132-133
Zhang Lu—Pages 140-141

너는 그림자 속에 살며
세상 사이의 캄캄한 균열을 들여다본다.
너는 타인을 대신해 이 짐을 지니,
그리할 수 있는 소수의 인물 중 하나인 까닭이다.
너는 호라드림이며,
너의 발자취는 부나 명예로써 남음이 아니라,
인류의 생존으로써 남는다.

- 쩨레드 케인의 글에서 발췌